나는
장성택
입니다

나는 장성택입니다

초판 1쇄 발행 2018년 5월 11일
    2쇄 발행 2019년 3월 13일

지은이 정광모
펴낸이 강수걸
편집장 권경옥
편집 윤은미 이은주 강나래
디자인 권문경 조은비
펴낸곳 산지니
등록 2005년 2월 7일 제333-3370000251002005000001호
주소 부산시 해운대구 수영강변대로 140 BCC 613호
전화 051-504-7070 | 팩스 051-507-7543
홈페이지 www.sanzinibook.com
전자우편 sanzini@sanzinibook.com
블로그 http://sanzinibook.tistory.com

ISBN 978-89-6545-501-1 03810

나는
장성택
입니다

정광모 소설

산지니

차례

외출

그랬다.
그 순간 나는 주벽 안의 삶이 반가워
얼른 달려가고 싶었다.

거기, 얌전히 가자. 염대석 교도관이 깍지 낀 손을 비틀며 대머리를 쏘아보았다. 대머리는 경고에도 쉰 목소리로 두 번이나 소리쳤다. 담당님. 손목이 꽉 쥡니다. 대머리가 아프다는 손을 쳐들며 몸을 일으켰다. 그러자 옆 사람과 같이 묶은 끈이 당겨 그는 일어서다 도로 주저앉았다.

조용히 갈 사정은 아니었다. 포승은 단단하게 묶여 팔과 어깨를 달싹할 수 없었다. 수갑도 끝까지 채워 날이 손목을 파고들었다. 포승을 묶는 교도관은 새로 지은 교도소로 수형자 모두를 옮기는 이사에 잔뜩 긴장한 얼굴이었다. 손목에 채운 수갑에 줄을 묶고 등 뒤로 돌려 다시 매듭짓고 줄을 팔과 겨드랑이 위에서 아래로 넣어 또 결박한 포승은 상체를 옥죄었다. 빌어먹을. 이사 중에 우리가 몽땅 도주할까 봐 걱정인 모양이었다. 직업훈련 시설과 작업장비, 침구와 옷, 생활용품은 이미 옮겨 갔고 이제 마지막 남은 교도소의 자산인 수형자 차례였다. 꽁꽁 묶은 우리를 다시 둘씩 끈으로 연결한 바람에 호송 버스에 오르다가 발이 맞지 않아 넘어지기도 했다. 버스 맨 뒷자리는 교도관 4명이 일렬로 앉고 앞자리는 교도관과 경찰관이 지켰다. 경찰이 인력과 차량을 지원했고 다른 교도소에서 호송버스를 보내 주벽 안 마당은 대기 버스가 여러 대였다.

염 교도관이 대머리에게 와서 머리를 철썩 때렸다. 90분만 참아라. 새집 가는데 그까짓 금방 아니겠어. 대머리가 고개를 움츠리며 정말 아프다니까요. 담당님, 하며 힘든 시늉을 부렸다. 염 교도관 무전기가 삑삑 울렸다. 3호 버스 32명입니다. 이상 없습니다. 그는 본부와 무전 연락을 할 때는 차렷 자세였다. 그가 운전사를 향해 말했다. 3분 뒤 출발. 벌써 여러 번 듣는 소리였으나 출발은 계속 지연되었다.

버스가 주벽 앞으로 이동해 섰다. 교도소를 바깥세상과 가르는 주벽은 흰색 페인트가 바랠 대로 바래 먹빛마저 돌았다. 탱크로 포를 쏘아도 부수는 데 몇 시간이 걸린다는 두툼한 벽이었다. 죄수는 주벽과 내벽, 사동까지 콘크리트로 꽁꽁 싼 삶이었다. 거길 이제 벗어난다. 1호와 2호, 3호 호송 버스가 함께 이동하는 모양이었다. 교도계장이 올라와 인원을 직접 세고 확인했다. 징역 살며 계장이 인원 점검하는 모습은 처음이었다. 계장과 본부와 몇 번 무전 연락이 오고 간 뒤드디어 주벽 철문이 끼익 끄극 힘든 바퀴 소리를 내며 열렸다. 젠장. 기름칠 좀 해두지. 버스 앞 유리창이 화안하게 밝아지며 햇빛이 쏟아졌다. 나는 고개를 들어 버스 앞창으로 문이 열리는 모습을 지켜보았다.

버스가 빠져나갔다. 오른쪽 유리창에 얼굴을 갖다 대었다. 주벽에 붙여 달아낸 경비탑이 우뚝했다. 무장한 교도관이 24시간 지키는 곳이었다. 예전에 신참 교도관은 겨울밤경비탑의 날카로운 바람과 추위를 두려워해 폐방 시간이 지나면 죽을상이었다고 했다. 옮겨 가는 새 교도소는 경비탑근무를 줄이는 전자감시장비를 도입해 교도관이 좋아한다고 들었다. 전자감시장비란 어떤 종류의 것일까? 감시카메라에 움직이는 사람이 비치면 자동으로 경고음이 울린다고 했던가? 교도소에 고여 지낸 사이에 신기한 기술이 많이 나온 것 같다. 주벽 정문을 빠져나온 호송버스는 다리를 건넜다. 교도소를 빙 둘러 파놓은 해자에는 풀과 꽃 하나까지 잘라버려 깨끗했다. 해자 끝은 꼭대기에 철조망을 올린 철책이었고 여기를 지나야 진정한 외출이었다. 형이 확정된 후 처음 주벽 밖으로 나가는 셈이었다. 5월 초순의 훈훈한 바람이 버스를 데우는 것 같았다. 칭칭 묶인 나도 몸이 덩달아 따뜻해지며 자유를 머금은 바람에 가슴이 울렁대었다. 교도소 주벽 안은 딱딱하고 질긴 공기였으나 거리는 부드럽고 가뿐한 공기로 넘쳐 호송 버스도 산뜻하게 승차감이 좋아진 것 같았다.

버스가 큰 도로로 내려와 교차로 신호를 기다렸다. 형 저기 봐요. 내 옆에 앉은 진식이 말했다. 나는 머리를 유리창으로 가져갔다. 버스는 철창으로 싸여 옆 유리창에 이마를 붙여야 바깥이 보였다. 붉은 미니스커트를 입은 아가씨가 횡단보도 앞에서 신호를 기다렸다. 늘씬한 다리에 작은 가방을 들고 선글라스를 꼈다. 삼삼하죠? 진식은 침을 꿀꺽 삼키며 내게 동의를 구했다. 쏟아지는 뜨거운 시선을 느꼈는지 아가씨가 선글라스를 추켜올려 버스 쪽에 시선을 주었다. 그녀는 창살이 둘러쳐진 호송버스를 향해 입술을 삐죽 내밀고는 고개를 돌렸다. 횡단보도에 신호가 들어오자 그녀는 엉덩이를 흔들며 길을 건너 금방 눈에서 사라졌다. 엉덩이 탄력 봐요. 조걸 뒤에서 탁 잡으면.

붉은 미니스커트에 검정 하이힐. 지난날 그녀가 좋아한 차림이었다. 그녀가 그렇게 길을 나서면 남자 시선이 달라붙었다. 내게 찰싹 붙은 그녀는 팔짱을 끼거나 대담하게 내 허리에 손을 둘렀다. 흥이 오르면 아무 데서나 내게 키스를 하고 내 머리를 어루만졌다. 그녀가 눈을 반짝이며 내 머리칼에 손가락을 넣으면 압도하는 육식성 열정에 오싹하기도 했다. 그 달콤한 모습은 내 머리에 박혀 변하지도 늙지도 않았다. 하지만 그녀를 보낸 지 벌써 8년의 시간이 흘렀다. 그러니 이게 8년 만의 첫 외출인 셈이다.

진식은 특수절도로 징역 3년을 선고받았다. 벌써 2년을 살아 한 바퀴만 더 돌면 출옥이었다. 내가 규율반장으로 근무하는 안전화 작업장에서 성실하게 일하는 놈이다. 감독 교도관은 이 실력에 이렇게 열심인데 왜 절도를 하냐고 입을 대었다. 진식은 문을 따고 들어가 귀금속과 돈을 왕창 챙겨 유흥가에서 열흘 넘게 퍼마시는 재미에 중독된 놈이었다. 진식은 훔친 목돈으로 절도 동지와 같이 마담을 맘껏 부리고, 돈 떨어질 때까지 살살 녹는 애인을 둔 채 황제처럼 떵떵거리고 살면서 세상에 부러울 것 없는 낙을 즐겼다. 외롭고 가난한 삶이 그때만큼은 아득하게 사라져 다시는 그에게 찾아오지 않을 것만 같았다. 교도관은 그 중독에서 오는 꿀 가득한 맛을 알지 못했다. 진식은 젊은 나이에 벌써 별이 다섯 개였다.

뒷자리 사기범이 진식에게 말했다. 바깥은 따뜻하네. 빨리 나가고 싶지 않아? 진식이 인상을 찡그렸다. 겉만 그럴싸하지 저기도 지옥이에요. 씨발. 돈 없으면 움쭉달싹 못 한다니까요. 에잇. 여기는 먹여주기라도 하지.

철망 사이로 보이는 거리는 많이 변했다. 호송버스는 토요일의 도시 중심가를 따라 지나간다. 염 교도관이 우리를 호송버스에 실으며 외곽으로 돌면 시간이 많이 걸려 중심가를 가로지르는 코스를 택했다고 말했다. 거리를 따라 카페가 몇 집 걸러 하나씩 눈에 띄었다. 빵집도 늘었다. 사람들은 커피에 중독되고 밥 대신 빵으로 끼니를 때우는 모양이다. 살던 곳과 멀지 않은 이 도시에 몇 번 놀러온 적이 있었다. 두 번은 그녀와 같이였다. 은행나무 노란 낙엽이 거리를 굴러다녔던 기억이 난다. 그러나 아직까지 은행나무는 보이지 않는다. 은행나무를 베고 가로수를 다른 나무로 교체했는지도 모른다. 나는 잠시 이 거리를 스쳐 지나갈 뿐이니 가로수로 설령 오백 년 묵은 고목이 즐비한들 상관없는 일이다. 버스가 신호에 걸려 섰다. 중학교 앞의 횡단보도였다. 중학교는 노랗고 빨간 페인트로 깜찍하게 벽을 칠해 저기서 공부를 하면 쑥쑥 암기가 될 것 같았다.

나는 그러면 저기인가 하며 고개를 돌렸다. 중학교 맞은편 2층에 검은 간판을 단 아베르노 카페가 보였다. 저 카페가 지금까지 있다니. 나는 아찔한 느낌에 침을 꿀꺽 삼켰다. 검은 나무 우산을 상징으로 문 앞에 세운 카페는 온통 검은색이었다. 2인용 검정 탁자 여럿과 널찍한 정사각형 탁자가 두 개였는데 12명이 같이 앉을 수 있어 낯선 사람과도 붙어 앉아야 했다. 조명과 분위기도 어두웠고 음악까지 장송곡 분위기로 장중했다. 아베르노 이름을 딴 라떼와 에스프레소가 메뉴에 있었는데 무슨 뜻이냐고 물었다. 젊은 사장이 말했다. 아베르노는 스페인어로 지옥입니다. 그는 널찍한 탁자를 가리켰다. 지옥에선 옆에 누가 앉든 같이 지내야 하니까요. 그녀가 맘에 들어 하며 물었다. 왜 아베르노 카페로 이름을 지었어요. 사장이 눈썹을 치켜 올리며 말했다. 출근하는 게 지옥 같아서요. 카페는 손님으로 북적여 사장은 싫은 일을 한다고 정신이 없었다.

버스가 속도를 내지 못하자 염 교도관이 짜증을 냈다. 야. 새집 가기 힘드네. 그는 계속 우리 쪽을 보고 있었다. 새집은 바닥 난방이 된다네. 좋겠다. 가스비도 안 내고 따뜻하게 지내고. 우리 집 작년 겨울에 가스비만 20만 원 나왔어. 이 쓰레기들 뭐하러 이렇게 잘해주나. 평소 세금도 안 낸 개털에게 말이야. 묶인 누군가가 외쳤다. 에어컨도 된답니다. 그것도 공짜로요. 버스에 와르르 웃음이 터졌다. 염 교도관은 자신의 집 관리비에 큰 손해라도 본 듯 눈살을 찌푸렸다.

안전화 작업장 담당이 염 교도관이다. 그도 쓰레기였다. 도대체 공장 근무를 제대로 하는 걸 보지 못했다. 그는 70명이 일하는 작업장을 작업반장과 부반장, 규율반장인 내게 맡기고 아침과 점심과 저녁에 얼굴을 잠깐씩 비췄다. 어쨌든 물량과 품질이 잘 나오니 교도소에서 목소리가 크다. 안전화를 교도소 공장에 떼준 신발회사가 대접을 해주는 눈치였다. 교도소 물량은 나라에서 납품을 잘 받는다고 들었다. 하루 일당 이천 원에 안전화를 척척 만들어내는 수형수에게 고마워하는 마음은 털끝도 없는 놈이었다. 진식이 내게 말했다. 저 뒤쪽 자리에 징벌받은 놈이 탔어요. 배차를 도대체 어떻게 하는지. 나도 알고 있었다. 이감 온 독종 강도범이었다. 이 년 사이에 다섯 번 이감이라면 어느 교도소 보안과장도 손을 내젓는 놈이었다. 강도범은 우리 안전화 작업장에 두 달 전에 왔다. 온 첫날 바로 규율을 어기며 내게 도전했다. 빌어먹을. 저놈을 같은 버스에 태우다니. 보안과도 나사가 두 개는 빠졌다.

나는 꼿꼿이 앉아 있는 4명의 교도관들을 돌아봤다. 두 명은 멍하니 밖을 쳐다보고 있었다. 앞의 교도관을 살펴보았다. 그중 가장 오른쪽에 앉아 있는 염 교도관은 몸을 똑바로 세우고 서른 명의 죄수들을 골고루 살펴보고 있었지만 나머지 2명은 몸이 자꾸 아래로 내려오고 있었다. 졸고 있는 게 틀림없었다. 지금은 빈틈없이 질서 정연하고 엄숙하지만 만약 순식간에 서른 명의 죄수들이 일어나 설치면 그들은 허수아비처럼 무력할 것이다. 마음만 먹으면 그런 소요를 이용해 탈출하는 것도 불가능한 건 아니다. 왼쪽 신발 안창 밑에 강철 날이 들어 있다. 몇 달 전에 작업장에서 갈고 갈아 날이 선 것을 작업자가 내게 선물로 건네주었다. 나는 그것을 신발 밑창 사이에 감춰두었다. 교도관이 무기수에다 규율반장인 나를 몸수색하지 않은 지는 오래다. 날은 나를 지키는 일종의 부적이었다. 하지만 그 물건을 쓰게 될 때가 올지도 몰랐다. 외출 나온 지금 내 마음은 강철 날에 신경이 꽂혀 두근거린다.

나는 옆에 앉아 있는 진식을 돌아보았다. 그는 여전히 게걸들린 사람처럼 바깥 풍경에 빠져 있다. 그가 조금만 나를 도와주면 서른 명의 죄수들을 들쑤셔 실내를 쑥대밭으로 만들어놓을 수 있다. 그가 내 신발에 든 날로 포승을 잘라준다면 나는 그 비밀스럽고 은밀한 무기를 이용하여 저 교도관들을 단번에 사로잡아 버릴 수 있다. 문제는 내가 그 작업을 실행하느냐 마느냐에 있다. 그러나 저 바깥에서 나를 기다리는 건 무엇일까? 색깔과 형체를 달리한 또 다른 지옥인가?

버스가 달리는 거리 가로수는 이제 벚나무였다. 그녀와 이 거리를 다닐 때 벚나무가 많지는 않았다. 어디선가 꽃비를 맞은 기억이 난다. 저기쯤이었을까? 시외버스터미널이 있고 문화재로 지정된 고택이 세 집 나란히 선 거리였다. 나는 옆 유리창에 얼굴을 바짝 대었다. 옆 자리 진식이 몸을 뒤로 빼며 비켜주었다. 비록 묶인 몸이지만 교도소 주벽을 빠져나와 거리를 달리자 지난 8년 징역이 어제 하루 일처럼 느껴졌다. 아침에 교도소 문을 열고 저녁에 교도소 문을 닫는 폐방까지 똑같은 일상을 지내는 수형수는 시간과 공간 감각이 현란한 매일을 사는 사회 사람과 다르게 변해 있었다. 아무리 오랜 징역을 살아도 석방돼서 정문 앞을 나서면 지나간 긴 세월이 딱 하루로 겹쳐져 변해 있었고 그 하루조차도 순식간에 녹아서 사라졌다.

나도 지난 8년 세월을 잊고 그녀와 거리를 거닌, 바로 어제처럼 느껴지는 그날로 순식간에 돌아갔다. 나는 젊었고 언제든지 그녀의 몸을 탐할 자세가 된 하체는 탱탱하게 부풀어 있었다. 포승과 수갑을 풀고 버스 문을 박차고 나가서 아베르모 카페 뒷길로 달려가고 싶었다. 그녀의 손을 잡고 안으며 그녀의 탄력적인 몸을 느끼고 싶었다. 나는 온몸을 부르르 떨었다. 그러자 생각지도 않게 그녀의 마지막 모습이 솟구쳐 올라 내 얼굴 앞에 나타났다. 아베르노 카페와 거리가 강제로 나를 그 자리로 끌고 들어갔다.

그녀는 독했다. 나이트클럽 종업원이었던 그녀가 내게 이별을 알렸고 내가 마지막으로 찾아가자 말없이 문을 열어주었다. 벽 한쪽에 커다란 침대가 붙어 있던 오피스텔은 예전 내가 왔던 풍경과 다르지 않았다. 내가 그녀에게 구해줬고 내가 월세를 내줬던 방이었다. 그 침대도 내가 산 스프링 좋은 킹 사이즈였다. 아무리 뒹굴어도 널찍했다. 내가 뒤에서 덮치면 그녀는 짐승처럼 깊고 뜨거운 신음을 울려냈다. 방음이 좋지 않은 오피스텔 옆방과 복도로 소리가 샐까 신경이 쓰였지만 그녀는 아랑곳하지 않았다. 여자는 늘 자신이 그때 처한 감정에 충실했고 감정이 가리키는 방향으로 뒤돌아보지 않고 단호하게 달려갔다. 내가 다시 만나자고 호소해도 그녀는 딱 잘랐다. 우린 끝났어. 주먹으로 얼굴을 한 대 치자 여자는 길길이 날뛰며 지옥으로 꺼져, 저주를 퍼부었다. 내가 어느 시점에서 그녀 목을 비틀었는지 모르겠다. 아마도 저 침대에서 몸집 좋은 남자가 그녀를 끌어안는 장면을 상상해서 그런지도 모르겠다. 그럴 때마다 여자는 얼마나 깊게 그르렁대며 몸을 비틀었을까. 그 짧았던 순간 질투와 분노로 극단까지 몰린 나는, 나도 알지 못했던 기괴하고 낯선 인간으로 변해버렸다. 그 몇 초 사이에 내 마음에 퍼진 악한 진동은 음역을 높일 대로 높여 나를 집어삼켰다. 그녀는 목에서 뚝뚝 소리가 날 때까지 내게 저주를 퍼붓고 왼손으로 내 오른쪽 뺨을 깊게 긁었다. 뺨에서 살점이 떨어지고 피가 흘렀다.

내가 나자빠진 그녀를 보며 오피스텔에 멍청히 앉아 있을 때 그녀의 애인이 들어왔다. 나이트클럽에서 순찰을 보는 놈이었다. 목이 강인하고 덩치가 좋은 놈. 언젠가 한 번 본

적이 있었는데 하체가 워낙 튼실해 죽은 그년이 좋아할 타입이었다. 놈은 방에 들어서자 바로 상황을 알아챘다. 놈은 괴성을 지르며 내게 돌진해 내 옆구리를 걷어차고 얼굴에 주먹을 날렸다. 옆구리에서 뼈가 뚝 부러지는 소리가 났고 숨이 컥 막혔다. 나는 그놈 상대가 되지 않았다. 우연히도, 아니면 본능에 따라 놈이 달려들 때 내가 움켜쥔 손톱깎이 칼이 없었다면 나 대신에 놈이 징역을 살고 있었으리라. 애인의 살해 현장을 목격하고 극심한 분노로 일어난 우발적인 살인. 기껏해야 5년 형이었을 것이었다. 놈이 주먹을 정통으로 내 얼굴에 꽂을 때 나는 손톱깎이 칼을 놈의 목에 깊숙하게 박아 넣었다. 손을 휘두르며 악착같이 붙든 생각은 단 하나였다. 놈의 주먹을 한 번 더 맞으면 난 끝장이라는 사실. 내가 살아날 유일한 기회는 이 단 한 번의 휘두름에 달려 있다는 것을. 내 온 근육과 신경이 그 사실 하나에 위태롭게 매달려 부들거렸다.

나의 변호사는 오피스텔에서 벌어진 사건 순서를 뒤죽박죽으로 섞어 변론했다. 피고인 반대신문에서 변호사가 일관되게 주장한 내용은 내가 먼저 공격을 당했다는 것이었다. 말다툼 끝에 여자가 내 뺨을 깊게 그어 우발적으로 여자 목을 비틀었을 뿐 살인의 의도가 없었으며, 죽은 남자 또한 먼저 죽일 의도로 나를 공격하고 폭행했기 때문에 정당방위로

막는 과정에 역시 예기치 않게 손톱깎이 칼을 들었을 뿐이었다. 나는 어정쩡하게 변호사가 시키는 대로 대답을 했다. 판사도 선고를 내리며 변호사가 주장한 경위를 참작했다 말하면서 형량은 어이없게도 무기였다.

무기를 선고받자 다른 무기수가 충고했다. 가석방이나 형기 축소, 사면을 기대하지 마. 그걸 바라는 순간 넌 교도소의 개가 되는 거야. 교도관이 시키는 대로 노예로 살면서 20년으로 감형받는다? 글쎄. 그것보다 교도소에서 왕처럼 굴면서 여기서 이번 인생 끝내는 거야. 무기에 뭘 더해봐야 무기밖에 더 되겠어. 교도소에서 살인을 저질러 무기징역을 또 받는 놈이 있었다. 쌍무기. 그러나 무기징역에 또 무기를 살 수는 없었다. 인생은 한 번이고 끝이 있으니까. 인간이 반드시 죽는 존재임을 가장 감사하는 자가 무기수이리라.

안면 신경이 그때 어떻게 손상되었는지 지금도 가끔 제맘대로 떨리곤 했다. 상처도 그녀를 죽인 계절을 기억하는지 찬바람이 불면 격심한 통증이 찾아오기도 했다. 경찰에서 감식을 하면서 내 오른뺨 상처에 놀랐었다. 진피를 뚫고 근육까지 손상시킨 뺨에 새겨진 상처는 내 얼굴을 괴이하게 만들었다. 웃으면 왼쪽 뺨은 웃음을 머금었지만 오른쪽 뺨은 차갑게 얼어붙어 있었다. 그날 이후로 나는 변했다. 안전화 작업장의 수형자는 그런 내 모습을 두려워했다. 그들은 규율반장이 웃으면 지옥에서 막 돌아온 기이한 웃음에 이어 사정을 봐주지 않는 폭력이 뒤따른다는 사실을 알았다.

피를 철철 흘리는 내가 오피스텔을 남자가 오기 전에 바로 나왔으면 아마도 징역 15년이었을 것이었다. 운이 좋으면 12년. 바로 112로 자수했으면 10년. 미결감방에서 부장판사 못지않게 형량을 정확하게 맞추는 고참이 내린 판결이었다. 그랬다면 8년을 살았으니 몇 바퀴만 더 돌면 나는 카페와 빵집이 많은 저 거리를 마음껏 걸으며 되찾은 삶에 푹 절어 지냈을 것이다. 나는 무기징역이다. 무기는 무한을 닮았다. 지평선을 넘으면 또 다른 지평선이 나타나고 아니, 지평선 자체가 끝없이 뒤로 물러나 아무리 달려도, 아무리 살아도 닿을 수 없는 형량이다. 교도소에서 징역형은 서열을 가름하는 기준이었다. 사형에 이어 무기, 그다음이 20년이었다. 그렇게 높은 서열을 기뻐해야 하나.

진식이 내 옆구리를 툭 치며 말했다. 새 교도소에는 가족 만남의 집을 지었대요. 그는 자신이 가족 만남의 집에 곧 들어가기로 한 것처럼 들뜬 얼굴이었다. 가족 만남의 집은 교도소 외부에 별도의 주거시설을 마련해서 부부나 가족이 숙식을 함께 할 수 있는 시설이었다. 오래 헤어진 가족과 1박 2일만 지내도 어디인가? 안전화 작업장은 아마 작업반장이 첫 번째로 쓸 것이었다. 큰 형님은 살인교사로 받은 징역 15

년에서 10년을 살았다. 큰 형님 징역은 살 만했다. 1주일 귀
휴를 몇 번이나 다녀왔다. 오거리파는 여러 개 기업을 운영
하고 있는 데다 빌딩도 소유하고 있었다. 충성을 바치는 바
깥 후배가 교도소장과 법무부 교정국에 자주 기름칠을 해주
는 모양이었다. 나는 작업반장이 귀휴에서 돌아오며 들고 온
물건에 깜짝 놀랐다. 싱싱한 안심과 등심과 국거리였다. 교
도소 안에서 몇몇만 아는 소식이었다. 몇 박스로 들어온 한
우는 취사장으로 보내져 그날 우리는 허겁지겁 특식을 먹었
다. 교도소 재소자 모두에게 특식을 풀다니 바깥에 수백억을
감추고 들어왔다는 부도기업가였던 부반장도 엄두를 못 낼
일이었다. 보안과장은 아낀 고기 값으로 몇백만 원은 챙기겠
지. 그게 콘도하고 똑같대요. 방이 두 개고 거실과 주방이 있
어 음식도 해 먹고요. 진식은 가족 만남의 집에 놓였다는 침
대를 떠올렸는지, 아니면 마음껏 가족과 해 먹을 수 있는 고
기와 피자와 만두에 생각이 미쳤는지 입을 벌리고 게슴츠레
했다. 작업장에서 진식은 이런 실없는 놈이 아니었다. 봄바
람에 데워진 외출에 기분이 단단히 올랐는지 꽁꽁 묶인 팔을
으쓱거리기도 했다.

나는 왼쪽 신발을 움직여 날의 새파란 감촉을 느껴본다.
강철 날은 예사롭지 않은 병기였다. 날이 내 움직임에 반응
해 떠는 것을 깨닫는다. 강철 날을 닮은 손톱깎이 칼로 나는

사람을 죽여 본 경험이 있었던 것이다. 날은 내게 많은 환상을 가져다주었다. 잘하면 그 칼날로 잃어버린 시간과 자유를 얻을 수 있을지 모른다. 깊은 밤에 혼자 깨어 창문을 바라보며 나는 칼날로 얻을 수 있는 미래를 꿈꿨다. 이송이 결정되면서 날을 휘둘러 자유를 찾는 탈출을 상상하고 연구했다. 그런 상상은 나를 괴롭히고 내 잠을 앗아갔다. 바깥의 자유란 무엇일까? 그게 정말 위험을 무릅쓰고 얻을 가치가 있는 것일까. 주벽 튼튼한 새 교도소까지 고작 한 시간 남짓 남았다. 나는 스스로에게 물었다. 내 의지는 칼날을 쓸 수 있을까. 호송버스 안을 난장판으로 만들면서 저 앞 유리창을 깨부수고 뛰쳐나갈 수 있을까. 진식은 작업장에서 농담처럼 충동질하곤 했다. 무기는 너무 가혹해. 무기는 아무것도 없는 사막과 같은 것이니까. 나 같으면 그런 처벌을 받으면 미쳐 버릴 거야. 그러니 형. 기회 되면 탈출해서 새로운 인생을 살아. 손해 볼 것 없잖아. 무기수가 뭔들 못하겠어. 하지만 나는 신중할 필요가 있다.

　털이 빠진 흰 개 한 마리가 유유히 도로를 건넜다. 아우디 승용차가 개를 향해 빵빵대며 달려들었으나 개는 쳐다보지도 않고 타박타박 똑같은 걸음이었다. 끼익, 끽. 속도를 줄인 운전사가 창을 내리고 고함을 질렀다. 야. 이 미친개야. 아우디가 급히 서자 차들이 연달아 밀렸다. 진식이 말했다. 저

개, 나 닮았어요. 아주 의젓하잖아요. 뒷자리에서 말을 받았다. 너 나가면 혼자 놀지 말고 수제화 가게 차려라. 그 실력이면 뭐가 돼도 될 거다. 아이, 난 짧고 화끈하게 살 거라니까요. 나는 소신 지키는 인생이잖아요. 뒤에서 말했다. 그래, 나가면 소신 있게 돈 팍팍 벌어봐라. 신발 팔아서 말이야. 진식이 짜증을 냈다. 아, 신발은 만지기만 해도 구역질 나요. 교도소에서 이 정도 만들었으면 됐지. 빌어먹을 환장하겠네. 내가 없는 사이에 계집년들이 더 예뻐지고 당기게 변했네. 레깅스를 입은, 터질 듯한 하체를 꿈틀거리며 젊은 여자들이 재잘거리며 지나갔다. 잠깐만 기다려라. 내가 곧 간다. 진식이 으르렁거렸다. 나는 속으로 물었다. 어디로 간단 말인가. 아베르모 카페가 있는 거리. 암팡지고 변덕스럽고 자기 욕망에 충실한 년들이 우글거리는 곳. 내 입속에서 달콤하고 끈끈한 진액이 솟아난다. 앞으로 40분. 37분. 시간은 점점 줄어든다. 은밀한 속삭임이 내 입속에서 올라와 귀에 속삭인다. 바깥이 더 지옥이라니까. 교도소가 더 괜찮지 않아? 너 교도소에서 대접 제대로 받고 있잖아.

진식은 신발 기술자지만 나는 형을 받고 교도소에서 격투기와 무술을 배웠다. 교도소에는 나이트클럽 순찰 같은 놈이 넘쳐났다. 그런 놈이 언제 나를 습격할지 몰랐고 교도소에서는 안타깝게도 손톱깎이 칼을 구할 수도, 손에 쥘 수도 없었다. 처음 만난 규율반장에게 호되게 당하고 나서 배우겠다는 의지가 더 굳어졌다. 내가 교도관에게 건방지게 대했는지 아니면 규율반장이 작업장에 처음 들어온 무기수 기강을 잡기 위해서인지 모른다. 하여튼 나는 작업장 구석의 부품창고로 끌려가 정말 오줌 싸며 맞았다. 안전화 작업반장인 큰형님이 몸 쓰는 법을 많이 가르쳐주었다. 하루도 빠짐없이 3년을 훈련했다. 내 몸은 민첩해졌고 근육도 올랐으며 상대의 급소를 단번에 후려칠 수 있게 되었다. 오거리파 보스였던 큰 형님은 나를 아꼈고 나는 규율반장으로 당당히 자리를 잡았다.

호송버스 뒤쪽에 앉은 강도범이 신경 쓰였다. 안전화 작업장에 처음 배치된 강도범은 비쩍 마른 몸에 눈매가 매섭고 광대뼈가 튀어나왔다. 놈은 턱을 치켜들고 벽 쪽 의자에 등을 기대고 앉아 반장 행세를 하고 있었다. 4인치와 6인치 안전화를 만드는 공장 2층의 생산 라인은 7개였다. 갑피와 지퍼, 안창과 작업화 바닥에 까는 철판과 안전화 코에 올리는 둥근 강철판은 외부의 위탁 신발업체에서 공급했다. 천연고무와 화학용품을 섞어 만드는 밑창은 공장 1층의 작업장에서 쾅쾅 찍어 올라왔다. 안전화 공장은 밑창과 안창을 접착제로 붙이고 발목에 부드러운 패딩을 대고 갑피 상단에 지퍼를 다는 작업으로 분주했다. 작업화 공장에 처음 온 신입은 밑창을 롤러에 굴려 접착제를 붙이는 작업이 배정되었다. 강도 신입은 공장에 온 첫날부터 접착제 근처에는 가지 않았다. 벌써 오전 작업 시간이 2시간이나 지났다. 작업장에서 1일 작업장려금이 상급이 2,500원, 중급이 2,000원, 하급은 1,600원이었다. 교도소에 들어와 멋모르고 처음 출역한 수형자는 그 돈을 시급으로 착각하기도 했다. 그게 시급이면 한 달 40만 원쯤 된다. 그럴 리가 없다. 예! 한 달 노임이 4만 원이라고요? 그러면 고참이 침을 바닥에 뱉으며 말했다. 노임 같은 소리 하네. 징역형 받은 거 잊었어! 작업 장려금이야. 줘도 되고 안 줘도 그만인 돈이라니까. 기가 막힌다는 얼굴로 웃는 신참은 제자리에 배치되면 부지런히 몸을 놀려야 했다. 1일 할당 작업량은 적지 않았고 그 물량을 흠 없이 달성하기 위한 작업장 규율은 매서웠다. 교도관이 손댈 것 없이 반장과 규율반장이 그 질서를 돌렸다. 우리에게 안전화 작업을 위탁한 신발업체는 인건비만 따먹어도 수지 넘치는 장사였다. 미결수로 살다 기결로 넘어와 작업장에서 일을 해보면 징역을 산다는 살벌한 말을 처음으로 체감했다. 저렇게 탱탱 노는 신입에게는 하루 1,600원도 아까웠다.

　나는 신입을 불렀다. 야. 너. 여기 놀러왔나! 신입이 건들건들 웃으며 일어났다. 첫날부터 빡세게 굴지 맙시다. 내가 여기 부반장은 할 기수 같은데. 작업자 시선이 모두 우리

둘을 향했다가 다시 제자리로 돌아갔다. 그들은 접착제 칠을 하고 갑피를 붙이고 지퍼를 달면서 재미난 구경거리인 이쪽 다툼을 향해 귀를 세우고 있었다. 작업반장과 염 교도관도 이쪽을 주시하고 있었다. 염 교도관은 오늘은 다른 곳을 나돌지 않고 작업장에서 신입이 어떻게 처리되는지를 지켜보고 있었다. 잔말 말고 바로 자리에 앉아. 나는 신입이 앉을 자리를 가리켰다.

천천히 해봅시다, 뭐 급할 것도 없는데. 신입은 선반에 올린 밑창을 손가락으로 툭 쳐 바닥에 떨어뜨렸다. 지시 거부다. 이건가! 뭐 좀 쉽게 삽시다. 교도소 시계가 오늘 멈출 리도 없고. 놈은 슬슬 나를 벼랑으로 밀고 있었다. 교도소 작업장은 똑같이 판에 찍은 형태로 하루씩 징역을 깼지만 여기에도 판을 가르는 결정적 장면은 있었다. 놈은 나를 똥값으로 가격을 깎고 있었다. 작업장 질서가 무너지면 기어오르는 놈, 대충대충 작업하는 놈, 불량을 내고도 뻔뻔한 놈이 넘쳐나고 규율반장은 맹수에게 쫓기는 얼룩말 신세로 떨어진다.

나는 몸의 신경을 곤두세우고 탄력을 가득 잡아넣었다. 신입도 단단히 준비하고 있었다. 신입의 손목을 살짝 꺾으며 의자로 밀자 신입은 손을 빼고 오른손으로 내 가슴을 밀쳤다. 놈은 내 정강이를 향해 짧고 강력한 킥을 날렸다. 슬쩍 비키며 놈의 배를 내지르고 옆구리에 주먹을 박았다. 놈이 주먹으로 내 얼굴을 갈겼으나 균형이 흔들려 힘이 실리지는 않았다. 발을 휘어 차 놈의 허벅지를 두들기고 주먹으로 헉 소리를 내는 놈의 턱을 올려쳤다. 놈도 대담한 싸움꾼이겠지만 매일 3시간씩 몸을 단련하고 무술 훈련을 한 내게 밀렸다. 하지만 놈은 언제든지 송곳이나 가위로 상대방을 내리찍을 놈이었다. 놈이 숨을 헉헉 내쉬며 주저앉자 옆구리를 지르고 등덜미를 붙잡아 작업 자리에 던졌다. 승부가 나자 염 교도관이 오고 아래층에서 교도관 2명이 올라왔다. 염 교도관이 손가락을 우두둑 꺾으며 말했다. 이 새끼 이거, 이감 오자 바로 작업 거부야. 묶어! 교도관 2명이 신입의 몸을 포승으로 꽁꽁 묶어 끌고 갔다. 염 교도관은 작업 거부와 지시 불복종으로 놈을 징벌위원회에 넘겼고 놈은 금치 1개월을 먹었다. 염 교도관은 요주의 신입을 안전화 작업장에서 쫓아내자 종전의 빈둥거리는 팔자 좋은 시간으로 되돌아갔다.

앞으로 30분이면 새 교도소에 도착한다. 그러나 30분이면 인생을 바꾸기에 충분한 시간이다. 이제 더 이상 머뭇거리면 안 된다. 지금 이 시간이다. 이 시간. 왼쪽 신발에서 강철 날이 나팔소리처럼 나를 불렀다. 그녀의 독기 어린 얼굴이 떠올랐다. 우린 끝났어. 그렇게 간단히 끝날 수 있는 관계가 남녀관계였다. 나는 저 바깥의 그런 인간관계 속에 다시 들어갈 수 있을까? 그 지옥 같은 지옥 속에.

버스는 중심가를 빠져나갔다. 거리의 건물 높이가 낮아지고 촌스럽게 느껴지는 간판을 단 미용실과 가게와 연립주택이 나타났다. 어림잡으니 사거리를 두세 곳 지나 외곽도로로 진입해서 20분쯤 달리면 오늘 외출이 끝난다. 호송버스가 멈춰 섰다. 3호차 앞으로 끼어들던 승용차끼리 접촉사고가 난 모양이었다. 염 교도관이 무전으로 지휘부에 도로에 멈췄다는 상황을 보고했다. 1호차와 2호차는 빠져나가 버려 3호차 뒤에 있는 경찰 호위차량에서 경찰관이 내려 승용차로 갔다. 어떤 경우에도 이송 중에 열 수 없는 호송버스의 문은 굳게 닫혀 있다. 나는 묵묵히 앞을 바라보고 있었다.

　내 마음 밑바닥에서 잊힌 추억은 몇십 분의 외출로 표면으로 끌어올려져 나는 망각했던 과거와 두렵게 마주쳐야만 했다. 내가 사랑했고 내가 죽였던 그녀. 왼쪽 신발에 감춰진 강철 날이 부르는 소리와 대접받는 교도소. 아베르모 카페의 지옥과 천국. 그런 추억과 자유와 탈출을 향한 욕망이 뒤섞여 나를 마구 걷어찼다. 외출 시간이 길어질수록 내 상황은 나빠져만 갔다. 교도소 주벽을 나서자 비록 묶여 있는 몸이지만 지난 8년의 징역살이가 어제처럼 사라지고 나는 막 살인을 저지르고 첫 징역으로 들어서는 것 같았다. 되풀이되는 작업과 일과를 거치며 변색되고 지하로 사라졌으리라 믿었던 살인의 피투성이 현장을 외출이 흔들어 깨워서는 너무나 생생하게 눈앞에서 한 장면씩 돌려, 나는 목이 바짝바짝 타들었다. 그 빌어먹을 아베르노 카페. 지옥이란 이름을 달고 성업하는 카페라니. 저 거리는 결국 시커먼 구렁이었다. 무기징역이란 앞으로 펼쳐진 시간보다 그녀 목을 비트는 내 손을 꽉 채운 촉감과 나이트클럽 순찰 목에 박혀 헐떡이는 근육의 박동이 더 지긋지긋했다. 속이 울렁대고 뒤집힌 나는 다시 몸을 부르르 떨었다. 한시라도 빨리 이 외출이 끝나 편안하고 망각으로 찬 작업장 일과로 돌아가고 싶었다. 진식이 물었다. 형. 몸이 안 좋아요? 안색이 영……. 나는 고개를 흔들고 입을 다물었다.

버스 앞 유리창을 바라보고 있던 염 교도관이 뒤돌아서더니 입을 벌리고 눈을 크게 떴다. 나는 버스 바닥을 울리는 엔진음과는 다른 소리를 느꼈다. 순식간에 외출이 끌어낸 상처를 닫고 몸을 대비시켰다. 뒤에서 달려온 강도 신입이 머리로 내 뒤통수를 들이받았다. 나는 몸을 접고 머리를 숙이며 진식과 묶은 오른손 끈을 아래로 당기면서 몸을 뒤틀었다. 놈의 단단한 머리가 내 뒤통수를 비켜 치며 좌석 뒷자리에 박혔다. 놈은 공격 순서를 그려놓았는지 몸의 균형을 잡고 재빨리 무게를 실은 왼쪽 무릎으로 내 턱을 올려쳤다. 포승으로 묶인 손으로 막았으나 강한 충격에 머리가 아찔했다. 놈은 입을 벌려 작고 날카로운 이로 내 귀를 물으러 으르렁거렸다. 독종이었다. 다른 교도소에서 교도관 한쪽 귀를 뜯어냈다는 소문대로였다. 한번 물면 뺨이든 귀든 생살 그대로 뜯어낼 놈이었다. 놈은 다시 머리로 내리쳤고 이번엔 왼쪽 어깨에 정통이었다. 진식이 자신의 팔과 묶인 내 오른쪽 끈을 풀려고 바삐 손을 놀렸다. 염 교도관은 달려드는 교도관을 손을 들어 제지하고 흥미롭게 전투를 구경하고 있었다. 그는 휘파람을 불고 소리를 질렀다.

야. 개새끼들아. 즐거운 외출 나와 이게 뭐하는 짓이냐. 엉.

염 교도관은 느긋했다. 상체가 포승으로 묶이고 좁은 버스 통로에서 싸우는 나와 놈은 치명적인 싸움과는 거리가 먼 우스꽝스러운 동작이기도 했다. 옆자리와 뒷자리 모두 승패가 어찌 되는지 즐겁게 구경하고 있었다. 물량 채우기 바쁜 안전화 작업장에서 규율반장이 인기 있을 리 없었다. 버스의 작업반원들은 어쩌면 내가 무참하게 깨지는 시원한 기쁨을 외출에서 얻기를 바랄지도 몰랐다.

호송버스가 출발하면서 반동에 놈이 비틀거리고 그 틈을 타서 발을 걸어 놈을 넘어뜨렸다. 쓰러진 놈이 버둥대며 몸을 일으키려 움직였고 그때마다 나는 오른발을 놀려 놈을 막았다. 놈이 으르렁대며 외쳤다. 너를 뜯어먹고야 말겠다. 너를 지옥에 처넣고야 말겠다. 오른편에 진식과 묶인 끈은 아직도 풀리지 않았다. 지랄 같은 담당이 어지간히 튼튼히

묶어 단속해놓았다. 끈만 풀려도 킥으로 놈을 단박 제압할 수 있을 텐데. 염 교도관이 와서 쓰러진 놈의 포승 한쪽 끝을 발로 밟자 놈은 도저히 일어날 수 없었다. 염 교도관이 놈에게 말했다.

어이. 바깥 풍경도 쬐며 가보자. 인생 어렵게 살지 말고.

버스는 새 교도소를 향해 달려갔다. 멀리 새 교도소의 웅장한 주벽이 나타났다. 8년 만에 처음 맞은 외출이 끝나가고 있었다. 저 견고한 감옥에 나는 울컥했다. 나는 따뜻한 자궁으로 되돌아가는 행복감에 눈물까지 살짝 돌 것 같았다.

그랬다. 그 순간 나는 주벽 안의 삶이 반가워 얼른 달려가고 싶었다. 교도소 생활이 그리웠고 작업장이 그리웠다. 내 인생에서 내가 제대로 인정을 받은 건 교도소가 처음이기도 했다. 거기가 편안하고 아늑했다. 저 벽 안에서 매일 반복되는 기상과 식사와 작업과 운동과 TV시청을 포근하게 즐기고 싶었다. 나는 문을 열어도 날아가지 않는 새장 속의 새가 되었는가. 잠시의 외출로 이렇게 몸과 마음이 녹초가 되다니. 이제야 진식이 내 끈을 풀었다. 나는 몸을 일으켜 쓰러진 놈의 얼굴을 걷어찼다. 두 번. 세 번. 모두에게 규율반장의 건재를 보여줘야 했다. 염 교도관이 막아섰다. 어이. 다 왔다. 그만하자. 교도소 주벽 철문이 끼리릭 소리 내며 어두운 공간이 열렸다. 복잡하게 얽혔던 머리가 단순하게 하얘졌다.

호송버스가 주벽으로 들어서고 철문이 쿵 닫히자 기다리던 교도관이 버스 문 앞으로 몰려들었다. 나는 울렁대는 배에서 땅으로 발을 디딘 것처럼 안도하고 편안했다. 진저리 나는 외출이 끝났다. 앞으로 숨이 끊어질 때까지 외출이 없기를.

자서전의 끝

박경의 삶은 어차피 오래 남지 않았다.
중요한 것은 그녀가 죽기 전에 뭔가를 해야 한다는 의지였다.

자서전을 쓰기로 마음먹은 건 얼마 전이에요. 박경 여사가 앞에 앉은 자서전 작가에게 한 말은 그렇게 시작되었다. 두 사람은 아무도 없는 사무실에 탁자 하나를 사이에 두고 마주 보고 앉아 있었다. 창 쪽으로 짙은 감색 커튼이 드리워진 사무실은 널찍하고 소박했다. 박경 여사가 흰 머리카락을 뒤로 넘기며 말했다. 췌장암이라는데 의사 말로는 6개월 정도 남았다는군요. 목소리 속에는 생의 마지막에 선 여자가 가지는 두려움과 우수 같은 것도 없었다.

그날 이후 작가는 그 사무실에서 박경을 다섯 번 인터뷰했다. 그동안 박경은 자신이 부산으로 피난 와서 성공한 사업 이야기를 하나씩 했다. 박경은 수산물 소매로 모은 돈으로 도매업을 열었고, 그 덕에 남해에 물고기가 많던 시절 어선 두 척을 소유하게 되었다. 1980년대는 어선을 팔고 건설업과 빌딩임대업에 눈을 돌렸다. 지금 박경은 부산 해운대에 빌딩을 두 개, 서울에 두 개를 갖고 있다.

서울의 한 곳은 사무용 빌딩으로 요즘 늘어나는 오피스 건물 때문에 수익이 신통찮았다. 다른 한 곳은 강남의 요지를 차지한 상업용 건물이었다. 7층 건물의 1층은 화장품 매장, 2층은 커피숍, 그리고 3층부터는 성형외과와 피부과가 들어서 있다. 박경은 작가에게 강남 건물을 잡을 때의 자금 사정과 행운을 이야기했다.

작가는 메모한 행운이라는 단어에 별 표시를 하고는 물었다. 어떤 행운이었을까요? 박경은 몇 가지의 우연이 겹친 행운을 말했다. 원래 사려고 했던 건물은 지금의 요지가 아닌, 오늘이란 눈에서 보면 가치가 훨씬 떨어진 자리였다. 매입 자금이 모자랐기 때문이었다. 그때 갑자기 남은 어선 한 척을 사겠다는 사람이 나섰던 것이다. 작가도 박경의 자서전을 잡아서 행운이었다. 자수성가한 사람은 대체로 수고비가 짰다. 험난한 고비를 넘어온 사업가는 자신의 노력을 과신하고 다른 사람의 공은 깎는 버릇이 들었다. 작가는 여자 기업가의 자서전도 몇 번 썼으나 여자가 남자보다 보수가 박했다. 박경은 대필 작가의 기준 가격보다 절반을 더 얹어주었고 완성된 책이 괜찮으면 보너스도 약속했다. 인터뷰 약속 날짜도 어기지 않아 작업 진행도 빨랐다.

　작가는 박경의 기억력에 놀랐다. 그녀는 사업을 시작한 후로 매일 수첩에 주요 일과를 기록했다. 수첩에 기록된 메모 한 줄로 그날의 장면을 신기하게 회상해냈다. 박경이 고용할 선장을 처음 만났던 남포동 다방의 천을 씌운 의자와 담뱃불 자욱이 많았던 탁자, 그리고 마셨던 커피 향과 텁텁한 맛을 기억해냈다. 선장이 입었던 카키색 군용 잠바와 낡은 갈색 방수구두가 어떤 모양이었는지, 선장의 수염 길이와 팔뚝의 상처, 그리고 손목에 찬 일제 시계의 생김과 브랜드까지 끄집어냈다.

　자서전은 생각보다 길어질 것이 분명했다. 작가는 박경이 보너스를 약속한 심정을 알게 되었다. 박경의 기억을 펼친다면, 1950년대부터 2000년대까지 부산 풍속사의 인상적인 단면이 만들어질지도 모를 일이었다.

　인터뷰를 시작한 지 여섯 번째 되는 오후였다. 그날 박경의 태도는 아무래도 이상했다. 얼굴은 핏기 하나 없이 창백했고 퀭한 눈을 이따금 번득이며 몸을 떨었다. 불안해 보였다.

　작가는 오늘 몸이 좋지 않으면 인터뷰를 미루자고 얘기했다. 그러나 박경은 고개를 완강하게 저었다. 아녜요. 어차피 당할 일인데. 미룬다고 달라질 건 없어요, 하고 말했다.

부산으로 내려올 때 나이가 몇이었습니까? 작가는 조심스럽게 물었다. 아홉 살에 왔어. 큰아버지네와 내려왔지. 그때 상황을 설명해주시겠어요? 그 당시 고향 해주도 전쟁 피해가 컸다고 알고 있습니다만.

고개를 들자 박경의 침착하고 자신감이 넘치는 모습은 변해 있었다. 박경은 고개를 비스듬히 돌려 창밖을 바라보고 있었다. 사무실이 있는 15층의 창밖으로 높이 솟은 해운대 아파트가 보였다. 멀리서 크기가 줄어든 사람들이 횡단보도를 걷고 있었다. 작가가 말을 이었다. 마을이 몽땅 불타버린 곳도 많다고 압니다. 박경의 얼굴이 갑자기 멍해졌다. 심연에서 올라오는 장면을 막으려는 것처럼 인상을 찌푸리고 입술을 앙다물었다. 박경의 굳건한 얼굴에 푸득푸득 경련이 지나갔다. 가족들은 다 내려왔습니까? 작가는 고개를 숙여 수첩에 '해주에서'라고 메모했다.

박경은 창밖에 시선을 꽂은 채로 과거의 어느 한 점으로 빨려 들어가고 있었다. 그녀의 주위에서 모든 것이 사라졌다. 밖에 보이는 빌딩도 아파트와 거리의 사람도, 자신 앞에 앉은 작가도 사라졌다. 그녀는 자기 자신이 누구인지, 어디에 앉아 있는지도 잊어버렸다.

그녀는 해운대의 빌딩에서 불길이 치솟는 마을로 끌려들어 갔다. 무언가 단단한 밧줄이 기억의 발을 묶어 잡아당겼다. 그날의 화염과 째지는 비명, 그리고 냄새가 박경을 덮쳤다. 시체와 황소가 타는 역겨운 냄새가 생생하게 퍼지면서 그날의 광경이 한꺼번에 떠올랐다. 네이팜탄 불길이 몸을 태우고 총알이 얼굴을 꿰뚫는 공포에 붙들렸다. 몸이 뻣뻣하게 굳었다. 기억 밧줄은 뻣뻣한 그녀를 불타는 마을로 내팽개쳤다. 마을을 태우는 기름불이 그녀의 얼굴을 태우고 숨길을 따라 입과 식도와 폐까지 밀려들었다. 숨이 막혔다. 뺨이 실룩대다 입술이 떨렸고 얼굴 전체가 비틀렸다. 팔이 떨리더니 다리를 옆으로 저었다. 박경은 어딘가로 도망치려는 것처럼 의자에서 발을 딛고 일어났다. 그러나 다리가 떨리면서 의자에서 미끄러져 바닥에 쓰러졌다. 도대체 이게 무슨 일일까, 멍청하게 박경을 바라보던 작가는 정신이 번쩍 들었다.

박경은 문으로 필사적으로 기어갔다. 여러 개로 나눠진 듯한 박경의 몸이 서로 먼저 토굴로 기어가자고 아우성을 쳤다. 어딘가로 빠져나가야 했다. 지옥의 불길에서 벗어나기만 한다면 빌딩에서 뛰어내려도 좋았다. 박경은 이제 손톱을 세워 얼굴과 목과 팔을 마구 할퀴어 피가 흐르고 있었다. 의자를 밀친 작가는 뛰어가서 사무실 문을 열었다. 고함을 쳐 직원을 불렀다.

여비서는 어떤 사태가 일어났는지 아는 것 같았다. 그녀는 재빠르게 전화기의 번호를 눌러 누군가를 호출했다. 아래층에서 응급치료상자를 든 남자가 뛰어 올라왔다. 박경은 고개를 돌려 주위를 쉴 새 없이 살피며 몸을 바닥에 바짝 붙여기고 있었다. 공포에 찬 눈동자는 어딘가로 가야만 한다는 맹목적인 생각에 이리저리 돌고 있었다. 몸부림치는 거대한 지렁이의 형상이었다. 사무실로 달려온 남자는 응급상자를 열더니 주사기를 꺼내 들었다. 여비서가 작가에게 팔을 붙잡으라고 말했다. 여자와 작가가 팔을 붙잡자 남자는 정맥을 찾아서 바로 주사바늘을 꽂았다. 버둥대던 박경의 움직임이 느려졌다. 그녀의 동작이 멈췄다. 박경은 양팔을 쭉 뻗은 자세로 드러누워 있었다. 작가는 이마에 솟은 땀을 손으로 훔쳤다. 영문을 알 수 없었다. 작가는 이야기를 나누던 중에 박경이 갑자기 발작했다고 말했다. 비서가 물었다.

"무슨 이야기였죠?"

"피난을 언제 내려왔는지 물었습니다. 아, 해주 고향 마을 상황도요."

비서가 고개를 끄덕였다. 그 이야기가 발작과 관계가 있다는 뜻처럼 보였다.

"뭔지 모르지만 한국 전쟁과 관련된 무엇에 발작을 일으켜요."

작가가 물었다.

"자주 그래요?"

"어쩌다가요. 이번은 심각하네요."

"자서전에 해주 마을 부분은 못 싣겠네요."

"당분간은 괜찮을 거예요. 깨어나면 사장님이 연락할 겁니다."

응급구조대가 와서 박경 여사를 싣고 떠났다. 작가는 사장실에 멍하니 서 있다가 넘어진 의자를 바로 세웠다.

박경은 하루 뒤에 깨어났다. 의외로 박경의 의식은 명료했다.

박경은 깨어나자 운전기사를 불렀다. 운전기사는 해군 특수전부대 출신이다. 운전기사는 유디티라는 이름으로도 잘 알려진 그 부대를 자랑스레 여겼다. 박경은 운전기사를 마흔 살에 고용해서 지금까지 20년 넘게 데리고 있었다. 봉급도 후했다. 운전기사가 직장을 잃고 어렵던 시절에 채용해서 운전기사뿐 아니라 기사의 아이 셋과 아내도 함께 곤경에서 벗어난 셈이다. 운전기사는 의리를 목숨으로 여겼다. 박경에게 위험한 일이 닥치면 운전기사는 자신의 몸을 던져서 구해낼 것이다. 그는 충직했고 말이 없었다.

박경은 운전기사에게 해야 할 일을 말했다. 정교하고 세밀하게 업무를 쳐내야 한다. 박경은 사무실에서 쓰러졌다 깨어난 후에 호주 캔버라에 있는 전쟁기념관에서 10월 13일 그날, 마을을 공격한 전투 기록을 찾을 수 있었다. 호주 왕립연대 제3대대의 짓이었다. 호주 왕립연대 제3대대. 앨런 로비 중사. 앨런 로비. 박경은 오래전에 그 말을 공책에 소리 나는 대로 적어두었다. 영어를 모르는 박경은 그 말 뜻을 언젠가는 알아내리라 다짐도 했으나 자신과의 그런 약속이 으레 그렇듯 오래 묵혀 있었다. 이제 박경의 기억에 박혀 있던 낯선 말뭉치의 뜻을 알아내었다. 박경이 지시한 일을 운전기사가 제대로 이행하지 못할 수도 있다. 그러나 상관없었다. 박경의 삶은 어차피 오래 남지 않았다. 중요한 것은 그녀가 죽기 전에 뭔가를 해야 한다는 의지였다. 의사가 남았다고 하는 6개월은 어쨌든 자서전을 완성하기에는 넉넉한 시간이다. 의사가 내린 그런 진단은 예언에 가까운 종류였다. 그 기간은 1년으로 늘어날 수도 있지만 불행하게 3개월로 줄어들 수도 있었다. 박경이 운전기사에게 지시한 사건은 여하튼 자서전에는 들어가지 않을 것이었다. 박경이 죽으면서 어둠에 갇혀 묻힐 것이었다.

토머스 로비는 기다리던 여행을 떠나게 되었다. 아내와 아들 내외, 그리고 일곱 살 난 손자까지 낀 행복한 여정이었다. 그들 가족은 호주 멜버른에 살고 있었다. 토머스 로비가 운전하는 차가 멜버른을 떠나 동부 빅토리아의 계곡을 향한

꼬불꼬불한 도로를 올라갔다. 그들은 그레이트 디바이딩 산맥에 있는 농장에서 며칠을 묵고는 알파인 국립공원을 둘러보고 돌아올 계획이었다. 멜버른을 벗어나자 드넓은 풀밭과 작은 마을이 점점이 보였다. 4차선 도로는 2차선으로 줄어들었고 세 시간이 지나자 마침내 넓기는 하지만 차선이 하나뿐인 도로로 변했다. 폐가로 변한 집들이 몇 채 나타나더니 그들은 언덕의 마루에 올랐다. 멀리 계곡과 산등성이 굽이치는 풍경이 보였다. 탁 트인 풍경을 가리는 안개가 끼었지만 짙지는 않았다.

도로에 선 할머니가 손을 흔들었다. 인상 좋은 은발의 백인 할머니였다. 할머니 옆에 승합차가 한 대 서 있었다. 토머스 로비는 차를 세웠다.

할머니가 말했다.

"가족 여행이네. 보기 좋아요."

할머니가 왼쪽 차량 타이어에 문제가 생겼다며 잠시만 봐달라고 부탁했다. 토머스 로비가 내려서 승합차로 걸어갔다. 백인 할아버지가 토머스 로비에게 왼쪽 바퀴를 가리켰다. 겉으로 보기는 별 이상이 없어 보였다. 토머스가 쪼그리고 앉아서 바퀴를 살펴보았다. 토머스 얼굴에 뭔가 축축한 것이 덮였다. 토머스는 자신의 얼굴에 수건을 덮은 할아버지를 쳐다보았다. 할아버지가 당황해하며 뭔가 말을 했다. 토머스는 무슨 실수일까 생각하며 일어나려고 했다. 몸이 움직여지질 않았고 바로 기억이 끊겼다.

토머스 로비가 눈을 뜨자 눈에 이물이 끼였는지 흐릿했다. 토머스는 고개를 숙이고 기침을 했다. 토머스는 발목과 무릎이 의자 다리에 묶였고 허리도 의자 뒷받침에 결박되었다. 손은 의자 뒤로 돌려서 묶여 있었다. 끈이 꽉 조이지는 않았다.

"강도군."

휴가 첫날에 강도를 당하다니 운이 없었다. 그가 가족 중에서 먼저 깨어난 것 같았다. 그는 수영과 장거리 달리기를 하는 강건한 몸이었다. 몸을 움직여보았으나 풀려날 것 같지는 않았다. 창고로 쓰는 것 같은 지하실이었다. 지은 지 오래되지 않은 건물인지 벽과 바닥이 깨끗했다. 회색 벽돌을 차곡차곡 쌓은 솜씨가 싸구려로 지은 집은 아니었다. 오른쪽에 아내가 묶여 있고, 왼쪽으로 아들과 며느리, 그리고 손자가 묶여 있었다. 그들이 깨어나면서 몸을 부스럭댔다. 토머스의 앞에 긴 탁자와 의자 하나가 놓여 있었다. 토머스는 탁자와 의자를 보자 몸이 오싹했다. 강도치고는 이상했다. 이건 드라마에서나 자주 보는 납치였다. 원한이나 다른 목적을 위한. 토머스는 머리를 굴리며 자신에게 이런 짓을 할 만한 사람을 찾아보았으나 떠오르지 않았다. 토머스는 온건하고 적을 만들지 않는 사람이었다. 그는 이웃과도 친하게 지냈다. 직장에서 자신을 미워할 만한 사람을 떠올렸다. 최근 승진 문제로 동료와 싸웠으나 동료는 이런 짓은 엄두도 못 낼 사람이다. 자기 집의 앵무새 한 마리도 못 죽일 심약한 위인이었다.

토머스 로비는 시간이 얼마나 지났을까 생각했다. 사고 현장에서 여기는 얼마나 떨어져 있을까. 아내와 아이들이 완전히 깨어났다. 아내가 물었다.

"여기가 어디에요?"

토머스는 고개를 저었다.

며느리가 흐느꼈다. 아들이 괜찮을 거라며 위로했다. 며느리의 울음소리가 이곳이 꿈이거나 장난을 벌이는 장소가 아님을 상기시켰다. 5명이나 되는 사람을 납치할 정도면 인력과 돈이 적지 않게 들었다. 이들은 뚜렷한 목적을 가진 범죄 집단이었다.

문이 열리고 남자가 들어섰다. 남자는 올백으로 머리를 넘겼다. 무스를 발랐는지 머리가 틀이 잘 잡혀 있었다. 남자는 어두운 붉은색과 회색이 격자무늬로 섞인 셔츠를 입었다. 감청색 바지는 다리에 착 달라붙었다. 남자가 의자에 앉아 검정 선글라스를 벗어 탁자에 놓았다. 눈매가 차갑고 단단했다. 30대 중반쯤의 나이로 보이는 동양인이었다. 토머스는 다른 호주인처럼 동양인을 보면 이들이 중국인 또는 일본인인지, 나이가 얼마쯤 되는지 감을 잡지를 못했다. 토머스는 이 모든 것을 기억에 담아두려고 노력했다. 그는 바짝 마른입으로 침을 삼키며 마음을 진정시켰다. 토머스는 남자를 보며 그들 가족이 여기에 끌려온 데는 무언가 이유가 있다고 확신했다. 납치 강도로 보기는 아무래도 석연찮았다.

동양남자의 영국식 영어는 유창했다. 토머스가 알아듣지 못할 말은 없었다. 동양인은 엉뚱하게도 토머스의 아버지에 대해 물었다.

"아버지가 앨런 로비인가?"

"맞다. 도대체 이게 무슨 일인가."

"아버지가 호주 왕립연대 제3대대에 근무했었지."

"그렇다."

"사우스 코리아를 아는가. 거기서 1950년에 벌어진 전쟁에도 아버지가 참전했지?"

"잘 모른다. 젊은 시절 참전한 것은 안다."

남자가 일어나서 탁자 앞을 걸었다. 정제되고 날렵한 움직임이었다. 알맹이가 꽉 찬 근육이 움직이는 모습이 율동적이었다.

토머스가 말했다.

"우리를 잡은 게 돈 때문이라면……."

남자는 대꾸를 하지 않았다. 남자가 걷는 구두 발자국 소리가 견디기 어려운 소음처럼 지하실에 퍼졌다.

"도대체 우리를 왜 끌고 왔는지……."

동양남자가 말했다.

"나를 존이라고 부르게. 이야기가 기니까."

토머스가 말했다.

"존. 난 협상을 하고 싶어. 서로에게 도움이 되지 않을까."

존이 말했다.

"내 소개를 먼저 하지. 난 홍콩의 삼합회 소속이다. 우리는 조건만 맞으면 무슨 일이든 해치워. 청부살인도 사업의 하나야. 그런데 이번에 의뢰받은 건 특별해."

존은 다섯 명의 포로를 하나씩 쳐다보았다.

"너희를 죽이라는 요구였으면 당신들은 벌써 끝났어. 사막에다 묻고 우린 떠났을 거야. 호주는 넓으니 백골이 된 너희 시신은 발견되지도 않겠지. 그런데 이번 사건은 요구 조건이 까다롭고 많아."

토머스와 가족은 존의 말에 귀를 기울였다. 도무지 영문 모를 말이었다.

토머스의 시선은 존을 향했다가 오른쪽 벽에 놓인 오렌지색 플라스틱 통으로 옮겨갔다. 뚜껑을 덮은 원형 통이었다. 그는 계속 불길하게 선명한 그 통이 신경 쓰였다.

토머스가 존에게 말했다.

"이건 오해야. 다른 누군가를 잘못 안 게 아닐까. 우린 누구에게도 해를 끼친 적이 없어. 그렇게 자부해. 우리 가족은 평범한 시민에 불과해."

존은 토머스 가족이 평범한 시민에 불과하다는 점에 순순히 동의했다. 존이 너무 쉽게 그 사실을 받아들여 토머스는 깜짝 놀랐다. 그렇다면 이 사건은 뭐란 말일까? 금방 해결될 착오가 아닌가?

기대와 달리 존은 엉뚱한 말을 꺼냈다.

"토머스, 정의가 뭘까?"

토머스는 울컥 화가 났다. 묶인 손목이 쓰리고 팔이 저렸다. 가족들도 비슷한 고통을 받고 있을 터였다. 단지 토머스처럼 그들도 다른 가족을 괴롭힐까 봐 통증을 드러내지 않을 뿐이었다.

"정의를 얘기할 장소로 여긴 적당하지 않아. 우리를 풀어주면 어떤 책임도 묻지 않을 거야. 요구조건이 있으면 의논해보자고."

존은 의자에 앉았다. 그의 말투가 신중하면서 엄중해졌다.

"토머스, 난 정의를 실현하기 위해 여기 왔어. 의뢰인이 그렇게 요청했지."

"무슨 말장난이야. 도대체 어떤 정의를 말하는 거야."

"한국이란 나라를 모른다고 했지? 사우스 코리아 말이야."

토머스가 다시 모른다고 말했다. 묶여 있는 아들이 일본 옆에 붙은 작은 나라라고 알렸다. 남북으로 분단되어 있고 북쪽의 공산정권이 핵실험을 했다는 말도 했다.

존은 이야기를 시작했다. 자신의 의뢰인은 한국전쟁 때 북에서 남으로 피난 내려온 70대 할머니다. 그 노인의 가족은 고향 해주에서 몰살당했다. F-51 전투기가 폭격을 먼저 했고 호주 왕립연대 제3대대가 진입했다. 그리고 제3대대의 앨런 로비 중사가 박경의 가족을 사살했다. 토머스의 아버지가 앨런 로비였다. 존은 네이팜탄으로 불탄 집과 마을 주민의 화상과 비명과 의뢰인 가족의 죽음을 공들여 박경을 대신해서 얘기했다. 앨런 로비가 불타는 집에서 빠져나온 사람을 사살하는 장면이 자세했다.

해주의 마을로 돌진한 군인을 따라 총소리가 울려 퍼졌다. 군인들이 몰려오기 얼마 전에 마을에 폭탄이 떨어졌다. 날카롭게 하늘을 가르는 소리가 나더니 급작스레 폭음이 들렸다. 적황색의 불이 번쩍하고는 시커먼 불길이 순식간에 번졌다. 처음에 사람들은 영문을 몰라 우두커니 서 있었다. 폭탄이 무시무시한 불길을 일으키자 모두가 도망쳤다. 당산나무와 집들을 태운 불길은 하늘을 향해 뻗어 올랐다. 불길은 폭우처럼 마을을 휩쓸었다. 하늘을 덮는 연기를 따라 처음 맡는 역한 냄새가 공기를 가득 메웠다. 그건 폭탄이 내뿜은 불길에서 나는 냄새이면서 시체가 타는 냄새이기도 했다. 불길은 미쳐 돌아가며 시체를 바싹 태웠다. 네이팜탄은 사람의 귀와 손가락과 발가락을 태워버려 시체는 밋밋한 둥치처럼 보였다.

박경은 광에 파놓은 얕은 토굴에 납작 엎드려 있었다. 아버지가 커다란 물동이에서 물을 떠 주위에 뿌려 놓았다. 장독을 저장했던 토굴에는 퀴퀴한 냄새가 배어 있었다. 익숙한 그 냄새가 초조한 마음을 안온하게 덮었다. 박경의 어머니와 큰오빠는 광에 보이지 않았다. 막내인 박경에게는 위로 오빠 둘과 언니 하나가 있었다. 폭격이 시작되자 아버지가 아이들을 다 끌어모아서 광으로 숨어들었다. 광에는 아버지와 작은오빠와 언니, 박경 넷이 모였다. 땅이 흔들리고 미쳐버린 소가 울부짖는 소리가 들렸다. 아버지가 아끼고 아끼던 소였다. 아버지는 몇 번이나 소를 구하러 뛰쳐나갈 동작을 보였다. 그러다가 비명과 공기를 가르는 폭발 소리에 머리를 숙였다. 날개에 불이 붙은 닭이 비명을 지르며 마구 뛰어다녔다. 어디선가 엄청난 폭발 소리가 터졌다. 인민군이 마을에 땅을 파고 숨겨둔 총탄이 한꺼번에 터지는 소리였을 것이다. 박경은 이 모든 소리와 냄새, 몸으로 전해지는 진동에 떨고 있었다. 폭격이 끝나자 마을은 조용했다. 어떤 소리라도 나면 그 지점을 향해 맹렬한 폭격이 재개될 것 같은 거대한 침묵이었다. 아버지가 몸을 일으켜 문으로 고개를 내밀고 밖을 살폈다. 토굴 속에는 작은오빠와 언니, 박경이 남아 있었다. 소 한 마리는 죽었고 한 마리는 살아남았다. 그러나 어머니와 큰오빠는 찾지를 못했다. 폭격이 시작되자 마을 밖으로 피했는지도 몰랐다. 살아남은 마을 사람들이 길로 나오면서 통곡과 몸부림이 펼쳐졌다. 아버지는 그 통곡 속에서 어머니와 큰아들의 운명을 예감한 듯 비장하게 굳은 얼굴이었다.

그리고 군인이 들어왔다. 박경이 말로만 들어왔던 국방군이 아니었다. 아버지는 불타버린 집 근처에서 어머니를 찾다가 군인을 맞았다. 작은오빠와 언니도 함께 있었다. 광의 틈사이로 내다본 박경은 손을 높이 든 아버지와 오빠를 보았다. 총소리가 들렸다. 아버지의 눈동자가 끔찍하게 커지더니 맥없이 쓰러졌다. 작은오빠도 함께였다. 언니는 마구 뛰어갔다. 군인은 어깨에 총을 걸더니 조준해서 방아쇠를 당겼다. 언니가 풀썩 쓰러지더니 기어가기 시작했다. 언니가 필사적으로 팔을 앞으로 뻗고 몸을 당기자 그녀의 배에서 흘린 피가 그 움직임을 따라 길게 이어졌다. 군인은 다시 언니를 조준했다. 총성이 울렸다. 누군가가 욕설을 퍼부었다. 모르는 언어였다. 그 말은 뇌에 조각을 한 양 강렬하게 새겨졌다. 박경은 몸을 엎드린 채로 그 말을 되풀이했다. 자동적으로 그 말이 입에서 반복되는 것 같았다. 그 말은 한 덩어리 울림으로 머리를 채웠다. 먼 훗날 떠올린 그 말의 뜻은 이랬다.

'앨런 로비 중사. 이 빌어먹을 놈아. 개자식 오시야. 민간인을 왜 죽여. 빈손이잖아.'

그 말은 박경의 기억에서 떠올랐다가 부글부글 끓으며 가라앉았다. 앨런 로비. 앨런 로비. 싸버린 오줌이 그녀의 옷을 더럽히고 발목으로 흘렀다.

존이 말했다. 사우스 코리아의 의뢰인은 납치를 당한 사람에게 전쟁 상황을 말해주도록 요청했다. 토머스와 아내는 존이 말한 전쟁의 참상에 몸서리를 치면서도 존이 그 사건을 왜 그렇게 자세히 말하는지 알기 어려웠다. 흉한 예감이 떠올랐다.

존이 말했다.

"의뢰인은 해주에서 벌어진 참상을 똑같은 방식으로 앨런 로비의 자식에게 돌려주라고 지시했네."

토머스는 항의했다.

그건 70년도 더 된 오래전에 일어난 사건이었다. 토머스와 가족들은 그 당시 이 세상에 태어나지도 않았다. 토머스는 그 아버지의 정자와 어머니의 난자 속에 하나의 가능성으로만 존재했을 뿐이었다. 그 가능성을 지금의 토머스라고 부를 수 있을까? 토머스는 이해할 수 없다고 말했다. 자신이 알지도 못하는 한국이란 나라의 한 곳에서 벌어진 사건과 지금 이 납치가 어떻게 연결된다는 말인가? 그게 가당키나 한 일인가? 토머스는 그 사건에 아무런 책임도, 아무런 연관도 없었다.

존이 말했다.

"그럼 당신 아버지가 해주에서 살해한 가족들은 무슨 잘못을 저질렀지?"

"그때는 전쟁 중이었어. 만약 그 사건이 말한 대로 일어났다면 말이야. 비극이고 유감스러워. 하지만 나와 우리 가족은 아무 상관이 없어."

존은 해주의 죽은 가족들도 앨런 로비와 아무런 상관이 없었고 앨런 로비에게 원한을 사거나 잘못을 저지르지 않았음을 상기시켰다. 그러면서 존은 의뢰인이 자신에게 정의를 실현할 구체적인 방법을 지시했다고 말했다.

토머스는 격렬하게 말했다. 흥분해서 말을 더듬기도 했다.

"정의라니. 이게 무슨 정의야. 생각을 해봐. 우린 그 가족들을 알지도 못한다고. 난 태어나지도 않았다니까. 그건 우연이었고 전쟁에서 흔한 잘못된 만남이었을 뿐이야."

존은 의뢰인이 생각하는 정의는 다르다고 말했다. 존이 부드럽게 설명하는 목소리가 납치현장을 채웠다. 의뢰인은 우연히 마주친 앨런 로비가 가족들을 죽였으니 자신도 우연에 따라 처벌을 하겠다고 말했다. 앨런 로비는 아들 두 명과 딸 한 명을 두었다. 의뢰인은 존이 추첨을 해서 그중 한 가족을 고르도록 지시했고 존이 주사위를 던져 골라낸 것이 토머스 가족이었다.

토머스 아내가 비명을 질렀다.

"그게 무슨. 터무니없는……."

"그래? 한국에서 가족이 이유 없이 몰살당하면 어떨까."

"거듭 말하지만 우린 그 한국이란 나라의 가족과는 아무 관계가 없는……."

"또 그 소리. 죽은 가족들도 앨런 로비와 아무런 끈이 없었지."

"내가 앨런 로비의 자식이라는 이유만으로 내게 책임을 묻는다고?"

"앨런 로비가 생판 모르는 사람도 죽였는데 아들 되는 당신은 죽음을 당할 이유가 충분하지."

존이 자신도 답답하다며 투덜댔다. 자신은 프로 킬러다. 표적을 생매장하거나 불태워 죽이거나 사지를 잘라서 죽일 수도 있다. 멀리서 단 한 방으로 표적을 정리하기도 했다. 효율적으로 업무를 처리해서 정평이 나 있다. 이번 사건은 곤혹스럽다. 주문이 까다롭고 절차도 복잡하다.

존이 말했다.

"빨리 의논해서 마치자. 협조하는 게 좋아."

"살인에 무슨 협조가 필요해."

존이 검은 장갑을 꼈다. 존이 오렌지색 통으로 걸어가서 뚜껑을 열고 박스를 꺼냈다. 역시 흉측한 오렌지색이다. 존이 향기를 맡고 행복한 표정을 지었다. 피와 죽음과 비명을 낳는 냄새를 맡으면 존은 즐거웠다. 존이 박스를 탁자에 올려놓고 말했다. 그는 단호한 집행자의 모습으로 변했다.

"의뢰인의 요구를 전하지."

그는 묶여 있는 5명을 한 번 돌아보았다. 존의 얼굴은 딱딱하게 굳었고 눈이 날카롭게 빛났다. 존이 장갑을 낀 손을 마주 쳤다. 둔탁한 소리가 지하실에 울려 퍼졌다. 조금 전과 달라진 모습에 토머스는 얼어붙었다.

"토머스. 자네가 저 아이를 죽여야 하네. 손자인가? 아이의 몸에 이걸 뿌리고 불을 켜게. 몸이 타버리는 데 몇 분 걸리지 않을 거야. 그러면 너희 4명은 모두 살려주겠네."

토머스는 멍한 얼굴로 존을 쳐다보았다. 지금 무슨 말을 들었는지 정신이 나지 않았다. 불, 몸, 탄다와 같은 몇 단어가 띄엄띄엄 이어져 입에서 맴돌았다. 토머스는 끄윽 신음을 토했다. 토머스의 아들과 며느리가 비명을 질렀다. 깨끗하고 산뜻한 지하실은 순식간에 지옥으로 변하고 있었다.

토머스가 외쳤다.

"절대로 안 돼. 미쳤군. 미쳤어. 이봐. 존. 사우스 코리아에 있는 그 의뢰인에게 연락해줘. 내가 뭐든지 하겠다고 말이야. 나와 말하게 해줘. 그분의 증오를 알겠어. 알고말고. 하지만 이건 미친 짓이야."

존이 말했다.

"그분의 증오를 안다고. 헛소리 마. 너희는 불구덩이에서 살해당하는 게 뭔지 몰라. 살인범만이 살인범을 알 수 있어."

존이 토머스 앞으로 다가갔다.

"못 하겠다?"

"절대로 못 해."

"절대로, 라는 말은 함부로 하는 게 아냐."

존이 의뢰인의 요구를 알렸다. 만약 토머스가 아이를 죽이지 않으면 킬러가 아이를 죽인다. 그리고 5분 후에 아들을 제물로 하는 똑같은 제안을 한다. 즉 토머스가 아들을 태워서 죽이면 나머지 세 사람은 살려준다. 그 제안을 거부하면 킬러가 아들을 태워 죽인다.

존은 구두 소리를 울리며 다음 절차를 말했다. 자동차 수리 방법을 알리는 것처럼 건조한 목소리였다. 그다음 5분이 지나면 역시 며느리를 죽이는 똑같은 제안을 한다. 토머스가 며느리를 죽이면 토머스 부부는 살려준다. 거절하면 킬러가

며느리를 태워 죽이고 5분 후에 다시 아내를 죽이라고 제안한다. 토머스가 아내를 죽이면 토머스를 살려준다. 거절하면 킬러가 아내를 죽인다. 그러면 토머스만 남는다. 혼자 남은 토머스를 어떻게 처리할 것인지는 침묵했다.

"토머스, 침묵을 확실한 생존으로 착각하지는 말게. 잔인한 죽음이 기다릴 수도 있어. 눈을 파내고 귀를 자르고. 코를 베고, 손가락을 마디마다 잘라내고 말이야."

토머스는 자신이 꿈에서 보는 지옥에 와 있지는 않는가 생각했다. 동전을 던져 윗면이면 살고, 뒷면이 나오면 끓는 기름탕에 던져지는 꿈이었다. 그는 꿈에서 빠져나가려고 온몸을 움직였다. 발끝을 세워 의자를 움직였다. 의자가 꿈틀하면서 자리에서 올라갔다 다시 내려왔다.

존이 아이 앞에서 오렌지색 박스를 열었다.

"이게 정의야. 원초적인 정의지. 받은 만큼 돌려준다는."

존이 박스 네 개를 꺼내서 탁자에 올려놓았다.

"토머스. 뿌리는 일은 내가 대신 해주지. 이건 서비스야."

존이 박스 뚜껑을 열고 아이의 머리에 오렌지색 액체를 붓기 시작했다. 밝은 액체는 끈적끈적했다. 액체에 젖은 옷이 몸에 착 들러붙었다. 아이의 몸을 적신 액체가 의자로 뚝뚝 떨어졌다.

존이 토머스가 묶인 의자를 들어서 아이에게서 3미터 떨어진 곳에 마주 보도록 놓았다. 존이 플라스틱 통에서 상자를 꺼내 라이터와 막대를 꺼냈다. 존이 칼로 토머스를 묶은 밧줄을 잘라내 오른팔을 쓸 수 있도록 조치했다. 그는 토머스의 오른팔에 막대를 억지로 쥐어주었다. 존이 토머스에게 라이터를 켜서 막대에 불을 붙여 아이에게 던지라고 명령했다. 지하실은 통곡과 비명으로 가득 찼다.

토머스는 고개를 흔들었다. 그는 살인을 거절했다. 존이 토머스에게 다시 말했다.

"다시 말하지 않겠어. 마지막 기회야. 저질러! 죽이란 말이야!"

토머스는 손자를 보았다. 토머스는 머리가 뒤집혀 제정신이 아니었다. 아이가 태어났을 때, 기던 아이가 몸을 뒤집을 때, 아이가 걸어 다니면서 그를 향해 달려오던 때의 추억이 휙휙 지나갔다. 연못가에서 아이는 물장구를 쳤고 개를 안고 뒹굴기도 했다. 그는 아이를 향한 추억과 싸웠다. 냉정하게 상황을 판단하려 애썼다. 그럴수록 머리는 헝클어져 삐걱대었다. 저 아이를 죽이고 내가 살아갈 수 있을까? 미쳐버려 폐쇄병동에서 고래고래 고함을 지르게 되지는 않을까?

여태껏 조용했던 아이가 갑자기 소리를 질렀다. 토머스는 흐릿한 눈으로 아이를 쳐다보았다.

"할아버지. 나를 죽여. 죽여도 좋아."

아이에게서 놀라운 말이 터져 나왔다.

"저 개새끼에게 꼭 복수해줘. 저 새끼를 붙잡아 눈을 파내고 귀를 자르고. 코를 베고, 손가락을 마디마다 잘라내. 간과 창자를 꺼내 돼지에게 던져줘."

토머스는 귀를 의심했다. 귀여운 손자가 한 말이라고는 도저히 믿어지지 않았다. 손자는 눈이 꼿꼿이 서고 이를 드러낸 악귀가 들린 표정이었다. 오렌지색 액체에 젖은 손자는 존에게 무시무시한 욕설을 계속 했다.

존이 밝게 웃으며 말했다.

"감동적이야. 난 저런 복수를 좋아해"

존이 라이터를 켜서 막대에 불을 붙였다.

"여기까진 내가 해주지. 하지만 막대를 던지는 건 자네 몫이야."

존이 자유로워진 토머스의 오른손에 막대의 한쪽 끝을 쥐어주었다. 막대는 천천히 타들어 가고 있었다.

"10을 셀 거야. 더 이상 기다리지 않아."

존이 천천히 하나 둘 세기 시작했다. 다섯을 셀 때 토머스는 오줌을 싸고 있었다. 그는 다리를 벌벌 떨고 고개를 깊숙이 숙이고 있었다. 지하실 바닥이 깊고 깊은 우물처럼 보였다.

아홉까지 세었을 때 토머스는 정신을 잃었다. 그러면서 자신의 오른손이 가벼워진 것을 느꼈다. 막대가 손에서 그냥 떨어졌는지, 막대를 아이에게 던졌는지도 기억나지 않았다. 그 순간의 기억은 머릿속에서 새하얀 공백으로 일렁거렸다. 모두가 사라졌다. 토머스의 과거와 현재, 어쩌면 미래까지도 사라졌다.

토머스는 백인 할머니를 만났던 곳에서 깨어났다. 그는 운전석에서 시트를 뒤로 젖힌 채로 누워 있었다. 차의 창문이 열려 있어 시원한 바람이 지나갔다. 지나가던 차량이 빵 하고 경적을 울렸다. 그 차에선 깔깔 웃음소리가 바람을 뚫고 퍼졌다. 머리가 어지러웠으나 지하실에서 벌어진 기억은 선명했다. 토머스는 천천히 몸을 움직여 주위를 돌아보았다.

토머스는 차를 몰고 집으로 돌아왔다. 그는 뒷좌석에 누가 탔는지 돌아보지도 않았다. 뒷좌석의 침묵은 너무나 무거워 그 무게 때문에 차가 제대로 굴러갈까 싶었다.

집으로 돌아오자 그는 아버지가 남긴 책과 자료와 사진을 마당으로 꺼내서는 불을 질렀다. 한국전쟁에서 아버지가 동료 군인들과 찍었던 사진들도 많았다. 아버지는 동료들과 어깨를 걸고 웃고 있었다. 때로는 군용 트럭 때로는 탱크 앞에서 그들은 웃고 있었다. 아버지가 남긴 옷도 불살랐다. 아버지 앨런 로비가 물려준 무공훈장을 꺼내 도끼로 찍었다. 훈장에 붙은 별 모양 장식이 몇 조각으로 나눠져 괴상한 모양으로 변했다. 아버지의 사냥총이 거실에 걸려 있었다. 사냥총도 도끼를 피하지 못했다.

토머스는 아버지에 관한 모든 것을 불사르고 쓰레기로 만들었다. 그러나 그가 아버지 앨런 로비의 자식임을 불사를 수는 없었다. 앨런 로비가 자신에게 남긴 여러 추억도 지워지지 않았다.

토머스는 마당에서 통곡했다. 즐거운 휴가의 끝이었다. 토머스의 손자는 그날 사건 이후로 실어증에 걸렸다. 아이는 어떤 힘에 짓눌려 언어 능력을 잃어버린 것 같았다. 아이는 어쩌면 어떤 말도 하고 싶지 않은 건지도 몰랐다. 아이는 인상을 자주 찌푸리고 혀를 내밀어 입술을 핥았다. 눈을 내리깔고 상대방의 얼굴을 쳐다보지 않았다.

토머스가 막대를 손자에게 던졌으나 오렌지색 액체에 불이 붙지는 않았다. 그 액체는 혹시 처음부터 불이 붙지 않는 종류였을까? 토머스가 막대를 놓쳤는지도 모른다. 아이가 자신에게 날아오는 막대를 보고 비명을 지르면서 토머스가 기억을 잃어버렸는지도 모른다. 그 장면의 모든 것이 사라져 심연으로 가라앉아 버렸다.

토머스가 침대에서 눈을 감으면 우물이 하나 떠올랐다. 우물에서 얼굴 하나가 천천히 올라와서 그를 마주 보았다. 얼굴은 거꾸로 뒤집어져 있어 눈이 아래쪽에 입이 위쪽에 있었다. 토머스는 그 얼굴이 누구인지를 알 수 없었다. 사우스 코리아의 증오심 가득한 할머니 같기도 했고 한국전쟁에서 앨런 로비에게 죽었다는 사람 같기도 했다. 토머스에게 막대를 쥐어주던 존의 얼굴 같기도 했다. 토머스가 물구나무를 서면 그 얼굴의 정체를 알 수 있으리라. 그러나 토머스는 그 얼굴을 절대로 똑바로 보고 싶지 않았다. 자신이 죽을 때까지. 그리고 그 얼굴을 누구에게도 보여주고 싶지 않았다. 손자가 죽을 때까지. 아니 손자의 손자가 죽을 때까지.

너의 자리

나는 천천히 또박또박 말했다.
잠깐 보관해줄래요.
아뇨, 아뇨. 그냥 버려주세요.
네. 고마워요.

얀 킴의 작업실에 처음 간 날이었다. 악수를 청하자 얀 킴
은 제비를 새긴 다부진 손을 내밀었다. 손등의 제비가 날쌘
동작으로 내 가슴께를 파고드는 느낌이었다. 제비는 무슨 뜻
이지요. 내가 묻자 얀 킴이 자리를 권하며 말했다. 선원들이
많이 새기는 문양이에요. 육지가 멀지 않았다는 표지고 제비
는 다시 돌아오는 성질이 있기에 무사한 여정을 바라는 마음
이 담겨 있지요. 나는 그의 조용하게 당기는 목소리에 반항
이라도 하는 것처럼 쿡 웃었다. 뭘 새긴다고 소원이 이루어
지기야 하겠어요. 얀 킴이 천진한 소년을 닮은 웃음을 내보
였다. 폭풍이 배를 덮쳐 공포에 질리면 맨몸보다는 나을 겁
니다.

나는 작업실을 채운 환한 햇빛과 깔끔하게 정리된 벽과 책상을 부러운 마음으로 둘러보았다. 빡빡 밀어 뼈의 굴곡이 보이는 머리에 헌팅 모자를 쓴 얀 킴은 덩치까지 커서 부담스러운 첫 인상이었다. 그러나 그의 커다랗고 따뜻한 눈을 대하자 마음이 스르르 풀어졌고 저음의 목소리를 들으면서 그에게 몸을 맡겨도 되겠다는 생각이 들었다. 그날 얀 킴이 물었다.

뭘 새기고 싶나요?

태양.

태양에 얽힌 사연이 있어요?

아뇨. 하지만 나를 언제 어디서든 비추는 태양을 갖고 싶어요.

그는 스케치할 종이와 연필을 앞에 두고 새기고 싶은 태양의 이미지를 말해보라고 했다. 무슨 이야기를 했던가? 아마도 추운 겨울의 소녀를 비춰주는 태양을 이야기한 것 같다. 넓은 평원의 주위는 온통 잿빛이고 소녀는 떨면서 평원을 지나가고 있었다. 찬바람이 그녀의 얇은 옷을 사정없이 파고들었다. 돌기둥이 나타났고 소녀가 기둥 앞에 앉자 해가 구름 사이로 나타났다. 태양은 앉은 소녀의 주위를 아낌없이 데워 소녀는 걸어갈 용기와 힘을 얻었다. 뭐 그런 이야기였던 것 같다.

힘든 일이 많은 모양이죠? 그가 물었다.

나는 가만히 앉아 언제 힘들지 않았던가 생각했다. 얀 킴이 그린 도안 두 개를 내게 보여주었다. 푸른 방패에 박힌 해가 불꽃을 너울대는 도안을 골랐다. 내게 얀 킴을 소개한 친구가 그 사람은 원 오프 방식으로 일한다고 말했다. 원 오프가 뭐야? 하나(One) 하고 끝내는 거, 그 사람이 그린 문양은 딱 하나뿐이야. 한 번 사용한 도안은 다시 쓰지 않으니까, 넌 세계에서 유일무이한 타투를 몸에 새기는 거지.

내가 팔에 새긴 태양에 사람들은 감탄했다. 정말 따뜻해 보이군요. 어떤 사람은 웃으며 이렇게 말하기도 했다. 데지는 않나요? 얀 킴과 나의 타투 인연은 그때부터 계속 이어졌다.

키우던 고양이 미미가 죽었을 때 난 얀 킴을 내가 사는 아파트로 불렀다. 갑작스런 죽음에 놀랐지만 고양이 미미를 내 등에 새긴다는 생각은 변하지 않았다. 초인종이 울리고 문을 열자 얀 킴이 신발을 벗고 조용히 아파트의 거실로 올라왔다. 내가 말했다. 불을 켤까요. 얀 킴이 고개를 젓고는 어둑한 거실에 눈을 적응시키고 있었다. 거실의 내려진 블라인드 사이로 얇은 불빛이 들어와 아파트의 황갈색 나무 마루에 사다리 무늬를 희미하게 그렸다. 거실로 스민 빛은 어둠의 숨을 가볍게 죽였다.

얀 킴은 어둠이 눈에 익자 내게 소곤대듯 말했다. 저기 책
장 아래죠? 그랬다. 고양이 미미가 그곳에 누워 깨어나지 않
는 안식에 싸여 있었다. 얀 킴이 무릎걸음으로 고양이 미미
에게 다가가서 고개를 숙였다. 나는 어디선가 보았던 티베트
의 신심 강한 불교 신자의 예배 장면을 떠올리면서 왠지 모
르게 안도했다.

책장 밑의 고양이를 살피던 얀 킴이 물었다. 어떻게 죽었
죠? 나는 죽음의 장면으로 다시 돌아갔다. 고양이가 죽을 그
때 나는 소파에 앉아 있었다. 읽던 책을 접어놓고 새 소식이
없는지 살펴보려고 스마트폰을 집어 올렸다. 폰 화면을 대충
훑고는 다음 작업을 궁리하면서 몸을 쭉 뻗었다.

고양이가 허공으로 갑자기 뛰어올랐다. 고양이 미미는 등
을 구부리고 발을 내려놓고는 그것으로 마지막 힘을 뽑은
것처럼 모로 쓰러졌다. 고양이는 몸부림을 치거나 발악하지
도 않고 맥없이 누워버렸다. 고양이가 뛰어오르며 불길하게
내뱉은 캭 소리가 아니었다면 활발한 장난으로 보아 넘겼을
지도 모른다. 장난을 좋아한 미미는 새벽이면 내 얼굴 옆에
서 흰 앞발로 나를 건드리기도 했다. 한 번 두 번 세 번, 툭툭
치는 감촉에 설핏 잠을 깬 나는 팔을 휘둘러 미미를 걷어내
고는 몸을 돌려서 누웠다. 미미는 이것 봐라 하는 듯 눈을 크
게 뜨고 폴짝 뛰어 내 낯을 리듬감까지 섞어서 다시 톡톡 건

드렸다. 어떨 때는 잠자는 내 가슴에 올라타서는 고개를 갸웃대며 한참을 내 관상을 보았고, 나는 짓누르는 압박감에 가위를 눌리고는 했다.

고양이 미미가 내지른 다급한 외마디 소리에 나는 몸을 바짝 세우고 달려갔다. 그 서슬에 탁자에 놓여 있던, 천궁과 결명자를 섞어 달인 차가 쏟아져 길게 흘렀다.

미미의 죽음은 그렇게 급작스럽게 찾아왔다. 단골 동물병원은 계속 통화 중으로 세 번을 걸고서야 겨우 연결되었다. 나의 다급한 질문에 수의사는 그럴 경우가 있다고 점잖은 답을 내놓았다. 지금 바로 데려갈게요. 수의사가 말했다. 목에 손을 대보고 코에 티슈를 올려보세요. 숨을 쉬나요. 아뇨, 아뇨. 그럼, 그는 잠시 말을 쉬고는 빠르게 선고를 내렸다. 오셔도 좋지만 기대는 접어야 할 겁니다. 수의사의 통고에 미미를 안은 채로 나는 멍하게 앉아 있었다. 그러다 미미가 길게 하품을 하며 일어나서 수의사를 무안하게 하지 않을까 몇 번을 흔들어도 보았다. 고양이 미미는, 하여튼 인간이란, 이런 표정으로 꼼짝도 하지 않았고 나는 슬그머니 책장 앞에 미미를 내려놓았다.

책장 앞에서 눈을 찡그린 안 킴이 고양이 미미를 들어 올려 이모저모로 살펴보고는 제자리에 조용히 내려놓았다. 그는 도안지를 탁자에 놓으면서 물었다. 미미에 대해 말해주세요. 미미는 내가 머리를 감는 모습을 좋아했다. 샴푸를 용기에서 짜고 머리에 발라서 거품을 부글부글 내다가 흘깃 미미를 살펴보면 부푸는 거품에 동그란 눈으로 놀라 금방이라도 앞발로 머리를 건드리러 올 표정이었다. 미미는 샤워기에서 물이 쏟아지면 몸을 뒤로 젖혔다가는 다시 구경에 열중했다. 미미는 내 목욕에는 관심을 두지 않았다. 옷을 하나씩 벗어 던지면 미미는 펄쩍 뛰며 좋아하다가 나체가 되면 벗은 몸이 그 따위밖에 안 돼, 자신처럼 아름다운 털이 윤기 나야지 하는 눈초리로 나를 쓰윽 훑어보고는 거만하게 소파 옆 자신의 자리를 찾아갔다.

내가 말한 미미의 이미지는 얀 킴의 몸으로 들어가 생김새를 갖추고 부풀어 올랐다. 나는 그렇게 믿었다. 그렇지 않다면 그가 그려내는 마술 같은 이미지를 어떻게 설명하랴. 그는 내가 말하는 고양이의 이미지에 흠뻑 젖어 눈을 가늘게 뜨고서 하나의 형체로 잡히는 순간을 기다렸다. 자리를 잡은 형체가 그의 손에 또렷한 이미지로 흐르면 얀 킴은 어둠에 익숙해진 손으로 도안지에 그림을 그렸다. 내 주문은 늘 똑같았다. 내 아이인 고양이가 밝고 유쾌하게 살고 있는 모습.

불을 켤까요.

그는 고개를 젓고는 어둠이 몰입에 도움 된다고 말했다. 그에게는 거실의 창을 통해 들어오는 희미한 불빛으로도 충분했다. 도안의 미미는 고개를 돌려서 머리를 감는 나를 관찰하는 생전의 모습 그대로였다. 저 인간은 왜 저 짓을 매일 아침마다 하지 하는 풀 길 없는 의문을 담은 눈이었다. 얀 킴은 생전의 미미 이미지를 부활시켰고 미미는 내 등에서 따뜻한 햇볕을 쪼며 세 번째로 나와 살아갈 터였다.

내일 스튜디오에서 봅시다.

얀 킴이 현관을 열고는 아파트를 나섰다. 그러고 보니 나도 원 오프로 개와 고양이를 길렀다. 한 번에 한 마리씩으로, 동시에 두 마리에게 애정을 보내지는 않았다. 내 오른쪽 등에 처음 자리 잡은 아이는 검정과 갈색의 얼룩무늬가 있는 개로, 비글 종류였다. 갈색 털이 나 있는 커다란 귀가 얼굴을 살짝 덮은 아이로, 이름이 할리였다. 비글의 조상은 프랑스에서 토끼사냥을 하던 작은 사냥개였다고 들었다. 단단한 몸에 등이 곧은 할리는 종일 활발하게 뛰어다니는 튼튼한 다리를 지녔고 언제나 명랑하고 여유 넘치는 성격이었다. 할리의 둥근 눈을 쳐다보면 그도 나를 빤히 쳐다보곤 했다. 아홉 살이 넘은 할리의 폐를 차지한 종양을 발견한 때는 3년 전, 조홍석과 이상한 사건이 터진 날 즈음이었다. 2년을 넘게 만났던 그의 성격과 행동을 상당히 안다고 자부할 때였다. 나는 전혀 예상치 않았던 곳에서 홍석에게 뒤통수를 얻어맞았고 인간은 뒤통수를 치는 동물이며 적어도 개와 고양이는 그렇지 않으리라 생각했다.

할리는 개성 강한 아이였다. 할리는 기침을 그치게 하는 약을 지독하게 싫어했고 그 약을 물이나 사료 등 어디에 넣더라도 찾아내서 악착같이 거부했다. 불과 두 달이 되지 않아 할리는 제대로 몸을 가누지 못했고 자신이 즐겨 앉던 소파의 옆자리에 쓰러져서 머리를 바닥에 붙이고 이런 일이 왜 벌어진 것일까 하는 얼굴로 곰곰이 생각하다가 해답을 구하는 얼굴로 나를 쳐다보았다. 발작이 터지고 극심하게 헐떡이는 날이 며칠 계속되다가 마침내 그날이 왔다. 나는 며칠째 잠을 자지 못하고 녹초였지만 그 순간은 할리와 내가 동시에 깨달았다고 생각한다. 할리는 터져 나오는 기침에 맥이 풀어진 눈으로 힘겹게 내게 묻고 있었다.

내 몸이 말을 듣지 않아. 내 몸이 왜 나를 배신하지.

커다란 할리의 종양은 지치지 않는 속도로 옆의 장기까지 삼켜버렸다. 나는 목과 가슴의 털을 매만지며 사람의 말로 할리에게 일어난 일과 몸의 배신과 앞으로 닥칠 일을 말해주었다. 할리는 모두 다 알아들은 것처럼 조용해졌다.

수의사가 집으로 와서 진정제를 놓고는 할리의 삶을 끝맺는 약을 꺼내 들었다. 나는 주사기를 쳐다본 뒤 할리에게 시선을 옮겼고, 할리는 내게 시선을 맞추고는 주사기를 바라보았다. 할리는 윗입술을 들어 올리고 고개를 옆으로 뉘었는데 내게는 이렇게 말하는 것처럼 보였다.

난 이 모든 과정이 뭘 의미하는지, 그리고 어쩔 수 없다는 걸 안다니까. 그러니 너무 괴로워하지 마.

할리는 믿음이 담긴 눈으로 나를 지켜보고는 마지막으로 눈을 감았다. 나는 할리를 첫 번째로 내 등에 새기며, 머신의 바늘이 내 진피에 닿을 때마다 차가운 통증에 몸을 떨며 믿음과 배신을 생각했었다. 할리는 내 등의 오른쪽에서 고개를 들고 편안하게 쉬고 있다. 할리는 더 이상 긴 낮 동안 목을 빼며 나를 기다리지 않아도 된다.

할리의 종양을 알게 될 즈음, 나는 조홍석과 재즈밴드 류의 공연에 가기로 약속했다. 색소폰과 피아노, 베이스와 드럼으로 구성된 재즈 콰르텟 밴드는 6개월에 한 번, 1주일씩 정기공연을 이어왔다. 그날은 그들의 9회 정기공연이었고 나는 그들의 공연을 이미 오래 즐겨왔다. 아마도 색소폰을 부는 연주자를 심야의 집 근처 편의점에서 만난 것 때문에 밴드의 꾸준한 팬이 되었으리라. 계산대에서 반갑게 인사하자 색소폰 연주자는 쑥스러워하면서 물건의 바코드를 찍었다. 내가 카드를 집에 놓고 온 바람에 현금을 모두 꺼내도 몇 천 원이 모자랐다. 그가 무심결에 계산대의 물건 중에 콘돔을 집어 들고 '이걸 빼실래요'라고 묻고는 얼른 물건을 내려놓고 생리대를 꺼내 들었다. '이걸 빼시겠어요?' 색소폰 연주자는 자신이 든 두 번째 물건도 황급히 내리고 음료수를 계산대에서 제쳐놓았다.

그의 색소폰 음색은 하늘의 유유한 구름과 바람에 날개를 맡긴 매를 닮아 편안했다. 그러다 접은 날개로 먹이를 노리고 땅에 내리꽂히기도 했으나 그럴 때도 거칠거나 귀를 찢지는 않았다. 공연장은 무명 밴드의 형편을 보여주는, 40명에서 50명 남짓이 들어갈 지하의 궁색한 공간이었다.

공연이 있던 그날, 조홍석을 공연장 앞의 카페에서 만나자 나는 놀랐다. 그는 술 냄새를 함부로 뿜었고 어깨를 불량하게 흔들대었다. 소리를 내서 커피를 벌컥벌컥 들이마셨고 뭐가 못마땅한지 잔을 쾅 내려놓았다.

오늘 뭘 듣는다고? 재즈밴드 류예요. 전에도 얘기했는데, 기억 안 나요? 재즈네. 재즈. 시끄러운 음악이야. 나는 공연장으로 가서 재빨리 티켓을 사서 그에게 안겨주고는 화장실을 다녀왔다. 뭔가 불길한 예감이 들어서 같이 공연을 본다는 의미에 못을 박고 싶었다. 화장실을 나오자 그가 없었다. 나는 공연 시간까지 그가 오기를 기다렸다가 설마 하는 생각에 표를 파는 직원에게 물었다. 혹시 누가 표 두 장을 환불하지 않던가요. 환불한 분은 없어요.

나는 공연 시작 1분 전까지 기다렸다가 다시 표를 사서 들어갔다. 그날 색소폰은 우울했고, 베이스는 탁했으며, 드럼은 리듬을 놓쳤다. 음향은 고르지 않고 얼룩이 묻은 벽에 부딪쳐 찌그러져서 허공을 맴돌았다. 나는 반쯤 얼이 빠져 음악과 잡념 사이로 시계추처럼 왔다 갔다를 반복하며 방황했다. 조홍석은 아무런 소식이 없었다. 나는 절대로 먼저 소식을 묻지 않으리라고 다짐했고, 그 다짐과 경쟁하는 것처럼 조홍석도 소식을 내지 않았다. 나는 하루 이틀, 며칠을 악착같이 처음 약속을 지켰고 그 역시 철저하게 무소식의 공간에서 지냈다. 그렇게 보름과 한 달을 지나면서 자연스럽게 우리 사이는 종말을 고했다.

재즈 공연을 가기 며칠 전에 나는 조홍석에게 내 형편에 비추면 많다고도 할 수 있는 돈을 빌려주었다. 조홍석은 그깟 금액이야 네가 주지 않아도 일없어 하는 얼굴로 거만하게 돈 얘기를 꺼냈고 나는 다음 날 공손하게 머리를 조아리며 그에게 돈을 건네주었다. 그가 흘끗 내 손을 쳐다보고는 봉투를 구겨서 주머니에 집어넣었다. 그가 떠나면서 내 돈을 받을 길도 막막해졌다. 그렇게 개 할리와 조홍석은 비슷한 시기에 다른 방식으로 내 인생에서 떠났다.

고양이 미미가 쓰러지던 날 친구 순을 통해 조홍석에게 연락이 왔다. 오랜 친구인 순은 나와 같이 조홍석을 여러 번 만나 그를 알고 있었다. 순은 밤에 전화를 걸어 그가 만나기를 원한다고 전했다. 순의 말을 듣고 나는 조홍석의 이름을 몇 번 되새김한 후에 말했다. 만날 일 없어. 헤어진 지 몇 년이 지난 남자친구의 말은 가슴에 아무런 파문을 던지지 못해 나는 갑자기 슬퍼졌다. 몇 년에 걸친 깊은 감정과 자극적인 애무와 달궈진 몸은 어딘가로 증발해버렸고 나는 한참을 상처나 자국이나 하다못해 그을음이라도 있는지 찾아보았다. 아무것도 남지 않아 반들반들 매끄러웠다. 조홍석이 남긴 자취 위로 많은 사람들이 지나다녀 이미 단단하게 다져진 땅이었다.

만난다기보다 찾아가는 거야. 호스피스 병동으로. 친구 순이 잠시 쉬었다가 말했다.

호스피스 병동이 뭔지 알지? 생각해보고 다시 통화하자.

나는 평소에 친구 순의 판단을 잘 믿었다. 골칫거리가 있으면 순에게 의논해서 웬만하면 그녀의 상담을 따랐다. 조홍석이 내게 돈을 빌려달라고 했을 때 순은 이렇게 말했다.

주지 마. 헤어지면 돈 생각과 그 사람 추억이 섞여서 화가 나고 더 귀중했던 게 무엇일까 헷갈리기도 하니까. 헤어지지 않으면 어차피 둘의 돈도 함께 갈 거니까. 어쨌든 좋지 않아.

나는 순의 충고를 애써 무시하고 그에게 통장에 든 돈을 몽땅 건네줬다. 치졸하기 싫었고 사랑의 감정만큼 돈이 소중하다는 의견을 경멸했다. 여행을 가기 위해 따로 떼서 모은 돈이었다. 그 돈으로 나는 갈 곳을 잡지와 블로그에서 찾아

보며 즐거워했다. 상상 속에서 호주 한가운데의 거대한 사암 바위인 울룰루를 찾아갔다. 석양에 순간순간 물드는 울룰루를 보고는 상상으로 호주를 한 달 머물며 호주 대륙의 절반을 돌아다녔다. 시베리아 횡단 열차를 타고서는 눈 덮인 평원을 끝없이 가로질렀다. 크로아티아였던가? 플리트비체 국립공원의 비취색 영롱한 석회암 호수를 폭포소리를 들으며 걷기도 하고, 미국의 서부에서 동부까지 자동차로 달리기도 했으며, 프로방스 지방에서 고흐가 그린 풍경을 스케치해보기도 했다. 그 돈으로 내가 안 해본 것이 있을까? 우주정거장으로 올라가는 것을 빼고는 지구 곳곳을 샅샅이 다녀 나는 세계일주를 절반은 해치운 느낌이었고 내가 다닌 공상의 목록은 갈수록 빽빽해졌다.

헤어지고 나서 나는 빌려준 돈은 잊었다고 생각했다. 내 처지에 많은 돈이었지만 나는 이별과 돈 문제를 잇는 치사한 사람이 아니었다. 그럼에도 나는 유치하고 뻔하고 상투적으로 그 돈의 주변에서 계속 맴돌았으며 마침내는 속 좁지만 돈의 무게가 추억의 무게보다 무겁다는 것을 인정하게 되었다. 사랑의 감정과 피부의 접촉감은 갈수록 옅어지고 그 돈으로 가려고 계획했던 먼 곳의 풍경들은 생생하고 강렬하게 살아났다.

꿈에서 나는 이국의 기차 승강대에서 역무원에게 주머니

를 털어 보이며 돈이 없다고, 그래도 태워달라고 사정을 하고 있었다. 역무원이 내 멱살을 붙잡고 끌어내는 바람에 나는 화를 내면서 새벽에 깨어났고, 거실로 나가 잡지를 뒤적이고 검색을 하면서 마음을 녹였다. 자신도 모르게 여행 기사를 찾아보는 내게 나는 짜증이 났고 예전에도 몇 번 그랬던 것처럼 순의 충고가 옳았다고 인정할 수밖에 없었다.

조홍석이 입원한 호스피스 병원이 생각났으나 나는 그 병원을 애써 떠올리지 않으려고 노력했다. 그런 노력 자체가 내 마음이 끊임없이 그곳으로 따라가고 싶다는 반증이었을 것이다. 왜 병원에 가게 됐지. 아직 젊은 나이잖아. 나는 튀어나오는 궁금증을 꾹꾹 눌러 잠재웠다. 고양이 미미의 죽음과 조홍석의 병원 소식이 비슷한 시간에 닥쳐 정신이 헷갈리기도 했다.

조홍석의 병원 소식을 들은 다음 날이었다. 저녁에 미미를 등에 새겨야 하는 날이다. 얀 킴은 나를 위해 저녁 시간을 온전하게 빼놓았다. 나는 샤워를 하고 몸을 말렸다. 등을 깊숙하게 타인에게 내놓는 일은 부담스럽다. 얀 킴은 손님에게 오해를 살 행동이나 말을 일절 하지 않는다. 여자 손님에게 지나치게 거리감을 두려는 느낌마저 들었는데 얀 킴은 손님이 불안하지 않게 하려는 노력이라고 말했다. 타투를 새기는 건 내 직업이고 난 아티스트니까요.

타투 가게로 가려고 옷을 입는 도중에 친구 순에게 전화가 왔다. 망설이다가 전화를 받았다.

전화를 왜 한 지 알지. 오늘 병원에 한번 가봐. 호스피스 병동에 들어가면 언제 어떻게 될지 모른다니까.

나는 짐짓 어기대었다. 직접 전화하라고 해.

걔가 전화를 바로 못한다는 건 네가 잘 알잖아.

긴 망설임 끝에 호스피스 병동을 찾았다. 잠깐만 시간을 내고 얀 킴의 타투 가게로 가면 늦지는 않을 것 같았다. 호스피스 병동은 11층 병원 건물의 꼭대기 층이었다. 건강보험공단에서 호스피스 병동 확대 사업으로 지원한다는 병동은 이름과 달리 가까이 다가갈 때까지 죽음의 냄새를 풍기지는 않았다. 간호사는 선선히 면회를 허락했다. 환자의 몸이 허락할 때까지는 자유롭게 만나게 한다는 방침이라고 말했다.

면회를 많이 오나요.

사람마다 다른데 나이 든 분들은 드물어요. 환자가 연락해서 만나는 분들도 있어요.

그런 분은 무슨 이야기를 나누나요.

심각한 얘기는 잘 하지 않더라고요. 상황 자체가 이미 심각하니까요. 4인 병실인데 조용할 거예요. 어제 한 사람이 떠났거든요. 커튼을 치셔도 좋아요.

병실은 낮은 칸막이로 나눠져 있었다. 조홍석은 볕이 좋은 창가 침대에 누워 있었다. 죽음 가까이 다가선 환자에게 연상되는 주렁주렁 달린 호스 하나 없어 타투를 시술하기 위해 기다리는 사람 같았다. 나는 침대 옆의 의자에 앉았다. 그는 나의 출현에 반가움을 애써 감추며 고개를 끄덕거렸다.

좋아 보이는데.

아직까지는 나쁘지 않아.

어디가 좋지 않아?

그는 배 한가운데를 가리켰다. 여기 깊숙한 곳. 암은 심장마비나 뇌출혈보다는 괜찮은 병이야. 죽음까지 여유가 길거든.

그가 팔을 내 쪽으로 던져놓았으나 나는 손을 잡지 않으려고 애썼다.

아프지는 않아. 통증이 없는 암도 많아. 그렇다고 살아나는 건 아니지만 말이야.

그는 몸을 반쯤 일으켜 베개에 등을 기댔다. 나는 그의 윤기를 잃고 쪼글쪼글한 손을 보며 첫 만남의 감촉을 기억해내려 애썼다. 그의 손끝과 그가 어루만진 등의 촉감. 그러나 그날의 감촉은 꽁꽁 숨어버렸다. 언젠가 조홍석이 아닌 그를 닮은 사람을 만났던 것은 아닐까. 나는 지금까지 다른 사람과 조홍석을 착각하는 건 아닐까 하는 생각마저 들었다. 침묵의 공백을 메우려고 날씨 얘기를 꺼냈다.

여긴 볕이 좋은데.

좋지만 독식은 안 돼. 1주일마다 안쪽 사람과 자리를 바꿔. 어쨌든 중환자실에 비하면 천국이야. 온갖 호스에 바늘을 꽂고 이중문에다 경비까지 지키고 서서 나갈 수도 없었다니까.

중환자실에 오래 있었어?

그는 인상을 찌푸리며 말했다.

3주.

조홍석이 무심한 듯이 물었다.

참, 키우던 동물 타투를 했다면서, 보여줄래?

친구 순이 말했을까? 그렇지는 않을 것이다. 내가 키우는 동물의 타투를 새긴다는 것은 주위의 친구들 여럿이 알고 있었다. 그런 이야기들이 그에게도 흘러들어 갔을 것이다. 내가 새긴 개 할리는 얀 킴의 스튜디오 벽에도 걸려 있어 찾아온 손님들의 감탄을 자아냈다. 똑같은 도안으로 해달라고 조르는 손님도 있다고 한다. 이제는 아무 인연이 없는 남자의 부탁을 들어줘야 하나? 단지 예전에 사라진 감정과 이제는 폭우처럼 지나가 버린 육체의 접촉 때문에. 나는 이런 생각을 하면서도 커튼을 치고 윗옷을 내리고 있었다.

내 등의 오른쪽이 할리고, 중앙은 갑작스런 사고를 당했던 개 투투였다. 투투는 유기견 보호소에서 데려온, 작은 귀가 살짝 접혀 있는 잭 러셀 테리어 종이었다. 운동과 놀이를 좋아하는 활동적인 개라서 아침에 동네 공원으로 나가서 30분을 같이 뛰었다. 집으로 돌아가자고 목줄을 당기면 이제 몸 풀었는데 벌써 하는 아쉬운 얼굴로 따라왔고, 그때마다 보호소의 창살 사이로 나를 물끄러미 쳐다보는 검은 눈이 떠올라서 처연하게 겹쳤다. 자신이 선택받지 못하면 죽음이라는 것을 아는 달관한 눈이었다. 그럼에도 유기견 보호소에서 투투는 선택받기 위해 호들갑스러운 반가움을 보이거나 꼬리를 정신없이 흔들지는 않는 자존감 강한 개였다. 인연이 닿으면 만나고 인연이 다하면 어쩔 수 없지, 투투는 그렇게 몸으로 말하고 있었다. 투투, 일 년을 같이 생활했던 개는 어느 날 공원 주차장에서 차 문을 열고 가방을 꺼내는 몇 초 사이에 사라졌고 몇 분 후에 공원 옆의 도로에서 차에 치여 발견되었다. 개를 친 차 주인이 시트가 피에 젖는다고 운송을 거부했다.

개가 미쳤나 봐. 갑자기 뛰어들었다니까.

투투는 하반신이 차에 깔려 피투성이였으나 차에 싣고 동물병원으로 가는 사이에 신음 한 번을 내지 않았다. 자신의 잘못이니 이 정도 벌은 받아도 싸다는 담담한 얼굴이었다. 동물병원에 가자 수의사는 고개를 저었고 머지않아 개는 검은 눈으로 나를 바라보고는 의식을 잃었다. 애틋하기도 하고 행복했다는 감정을 담은 눈이기도 했으며 어딘지 의심과 공포가 깔린 것 같기도 했다. 왜 개가 갑자기 공원 밖 도로로 달려 나갔을까? 먼저 뛰어나가 장난을 치려고 그랬던 것일까? 주인이 투투를 처음 버린 곳이 혹시나 그 공원이었을까? 투투에게 그 공원이나 공원과 비슷한 곳이면 미친 듯이 뛰어나갈 잊지 못할 트라우마가 새겨졌던 것일까?

투투가 죽은 그날 동물병원에 달려온 얀 킴은 투투가 갑자기 왜 뛰쳐나갔을까 하는 나의 의문에 개의 마음을 어떻게 알겠냐며 싱겁게 대답했다. 그건 인간의 복잡한 마음을 어떻게 알겠냐는 말처럼 들렸다. 얀 킴은 정물처럼 투투의 시체를 여러 번 살펴보았다. 그가 그린 투투의 도안은 튼튼한 네 다리로 서서 고개를 돌려 옆을 바라보는 모습이었다.

투투를 새길 때는 같은 타투머신에 같은 크기의 바늘인데도 할리와 달리 무척 아팠다. 투투의 윤곽과 크기를 잡는 선 작업인 라이닝을 할 때부터 심상찮게 통증이 몰려왔다. 급기야 몇 번 신음을 내지르자 얀 킴은 시술을 멈추고 기다렸다가 다시 머신을 올렸다. 명암 작업을 하는 플랫 바늘을 올린 머신을 들면서 얀 킴이 물었다.

며칠 쉬었다 할까요?

계속해주세요. 계속.

이를 악물었다. 투투가 주인에게 버림당한 공허감, 차에 치일 때 하반신을 꿰고 나간 고통이 내 등을 칼로 죽죽 그으며 몰려온 것 같았다. 나는 침대의 구석을 손으로 꽉 쥐며 어떤 배신을 떠올리고 있었다. 어쨌든 할리와 투투, 두 마리는 나와 함께 내 몸에서 살아간다.

조홍석이 손가락을 내 벌거벗은 등에 올렸다. 섬뜩한 느낌이 살갗을 달려서 지나간다. 저 인간과 몇 년이나 어떻게 뜨거웠을까? 그가 손바닥으로 등의 오른쪽에 새겨진 할리를 쓸어본다. 할리의 비명이 들리는 것도 같았다. 아마도 오늘이 마지막 만남이겠지. 나는 잘 대해주라는 친구 순의 당부를 새기며 침묵한 채로 앉아 있다. 등의 근육이 긴장하고 오스스하게 소름이 돋아 오른다. 욕지기가 툭 올라와 손으로 입을 틀어막았다.

옆 칸막이에서 힘없는 기침이 터져 나왔다. 기침은 연약하고 안타깝게 이어지다가 가냘픈 헐떡거림으로 변했다. 그러고는 고양이 미미가 마지막으로 내뱉은 소리를 닮은 켁켁하는 목소리가 이어졌다. 목구멍 깊숙이 단단하게 박힌 가시를 필사적으로 뽑아내려는 악이 담겼으나 힘없이 잦아들었다. 간병인으로 보이는 여자가 환자를 달래고는 일어나서 밖으로 나갔다. 간호사가 곧 들어왔다.

조홍석이 손바닥을 할리의 몸에 덮으며 말했다. 자주 본놈이네. 이름이……. 그는 개의 이름을 잊어먹었다. 예전에는 이름을 곧잘 부르고 사료를 사서 먹이도 직접 주었다. 그가 나를 방으로 끌고 들어가 문을 닫으면 할리는 한참을 기다렸다가 지나치다 싶으면 방문을 앞발로 두들겼다. 뭔 짓을 그래 오래 하는 거야. 할리는 몇 번을 두들기고는 반응이 없으면 포기를 하고 인간이란 동물은 정말로 하는 표정으로 거실을 걸어 다녔다.

그가 등 중앙의 투투에 손을 올렸을 때 나는 몸을 흔들고 살며시 일어났다. 나는 개운치 않은 섹스를 마친 마음으로 옷을 올리고는 커튼을 걷었다. 핸드백을 손에 쥐자 그가 말했다.

부탁할 게 있어. 난 어차피 오래가지 못해, 그러니까…….

그러니까, 뭐야. 그가 죽음을 애처롭게 이용하는 것 같아서 짜증이 솟았다. 그가 머뭇머뭇하다 단숨에 말을 해치웠다.

나를 네 등에 새겨 줘.

그는 당혹스러워하는 내 얼굴이 부정적인 반응인지 눈치껏 헤아리며 덧붙였다. 특별대우를 바라는 건 아냐. 개와 비슷한 크기에 비슷한 명암으로.

나는 그에게 얼굴을 바짝 갖다 대었다.

무슨 자격으로?

자격이야…… 없지만, 네 등에 있으면 편안할 것 같아. 개들도 그렇게 보이는데.

그는 지쳤는지 숨을 헐떡대며 말했다. 잠깐의 대화와 만남으로도 기력이 다했는지 이제 그의 모습은 망가질 대로 망가진 말기 환자로 보였다. 베개에 기대 앉아 있는데도 엄청난 에너지를 쓰고 있었다. 그가 안간힘을 쓰며 대화를 나누는 사이에 활력은 점점 빠져나가 침대 아래로 굴러 떨어질 것 같았다. 조홍석이 힘을 겨우 끌어 모아서 말했다.

네 생각을 많이 한 건 사실이야. 죽을 때가 가까워 오면 추억들이 몰려오거든. 우리 한때는 나쁘지 않았잖아.

나는 그의 말을 단숨에 자르며 말했다.

너를 위한 자리는 없어.

나는 속으로 냄새나고 고리타분한 추억을 마지막까지 우려먹어 보겠다? 되뇌며 타인의 토사물을 본 것처럼 역겨웠다. 나는 몸을 돌리며 가방을 거칠게 거머쥐었다. 그는 온몸을 비틀어 팔을 뻗어서는 탁자에 놓인 봉투를 집어 들었다.

내 사진이야. 한 번 더 생각해봐.

그가 내민 봉투를 뿌리치려다가 병실의 간호사가 우리를 바라보고 있음을 깨달았다. 가족과 간병인으로 보이는 두 사람도 내게 관심을 보이지 않으려고 하면서 귀를 잔뜩 기울이고 몸을 비스듬히 세운 것이 느껴졌다. 봉투를 받아 들고 나는 그에게 최대한 감정을 억누르고 말했다.

네 자리는 다신 없어. 꿈도 꾸지 마.

조홍석의 병실에서 시간을 많이 잡아먹는 바람에 얀 킴의 작업실에 늦었다. 얀 킴은 어두침침한 가운데 기다리고 있었다. 그가 의자에 앉아 손을 모으고 기다리는 자세를 그는 마음을 모은다고 말했다. 어쩌면 그는 오지 않는 손님은 오도록, 늦게 오는 사람은 일찍 오도록 마음을 보내고 있는지도 몰랐다. 그는 내가 들어가자 스위치가 들어가야 작동하는 기계처럼 그대로 앉아 있었다. 꼭 어둠에 익어 인공조명을 무척 싫어하는 짐승의 모습이었다. 나는 조심스럽게 물어보았다. 불을 켤까요. 그럼요. 불을 켜자 눈을 깜빡이던 그가 부신 빛에 적응하자 내 차림에 감탄했다.

　　오. 굉장한데요. 오늘 데이트라도 하셨나요.

　　농담 말아요. 죽은 고양이와 데이트하는 날이지요.

　　죽은 고양이와 데이트라…….

　　얀 킴은 어깨를 으쓱하고는 시작할까요 물었다. 베드에 눕자 얀 킴은 도안의 윤곽을 그린 전사지를 등에 붙였다. 약품을 발라 얼마간 두면 보라색의 전사 잉크가 남았다. 얀 킴이 선을 잡는 라이닝을 시작했다. 시술을 시작하면 얀 킴은 무섭게 집중했다. 얕게 깔린 음악과 아린 등의 감각이 공간을 채웠다. 재즈밴드의 연주였다. 재즈 음악가라야 몇 사람밖에 모르는 나로서도 색소폰과 드럼의 리듬감이 예사롭지 않았다. 예전에 얀 킴이 시술하는 동안 듣고 싶은 음악이? 라고 물었을 때 나는 그냥 재즈라고 말했다.

보컬보다는 연주곡이 낫겠어요.

듣고 싶은 음반이 있으면 가져오시고.

아뇨. 그냥, 편하게 골라주면 좋겠어요.

얀 킴이 말했다. 재즈를 잘 아는 후배에게 얻었는데 탁월
하지는 않지만 열심히 하는 밴드라네요. 귀에 익은 색소폰을
들으면서 나는 생각했다. 색소폰의 선명한 소리가 모습을 마
구 바꾸는 구름으로 허공을 자유롭게 흘러내렸다. 저건 재즈
밴드 류의 음반일 거야. 세 번째 음반을 냈다고 하더니.

오늘은 바늘을 따라 시큰하거나 뜨거운 느낌이 들기도
했다. 그래도 투투를 시술할 때의 통증보다는 옅었다. 시술
이 끝나자 얀 킴이 긴 거울을 가져왔으나 나는 고개를 저었
다. 얀 킴의 솜씨는 믿을 만했고 프로다웠다. 도안부터 시술
까지 나는 그에게 믿고 맡겼다. 1주일이 지나서 아물고 자리
를 잡으면 그때 등에 거울을 대고 아이 마중을 나가야지. 그
가 조심스럽게 랩을 등에 대고 끝을 내게 넘겨주었다. 젖가
슴을 돌려서 랩의 끝자락을 넘기면 그가 시술한 등을 감아서
다시 넘겨주었다.

잘 끝났어요.

얀 킴이 의자에 앉아서 보드카를 두 잔 연달아 마셨다.
한 잔은 자신을 위해, 또 한 잔은 시술을 마친 사람을 위해.

저도 한잔 줄래요. 아, 앞으로 1주일은 술은 곤란해요.

나는 농담이라고 웃으며 등을 가리켰다.

내 등에는 아이가 몇이나 들어올 수 있을까요. 앞으로 여섯 아이 정도. 엉덩이까지 내려가면 여덟 아이. 그걸 다 채우려면 120세까지 살아야 할 거예요. 한 번에 한 마리를 키운다면 말이죠.

나는 그에게 조홍석의 사진을 넘겨주었다. 한 장은 그가 나무 옆에 선 젊을 시절 사진이고, 한 장은 최근에 찍은 것 같았다. 상체를 드러낸 젊은 사진에 얀 킴의 이마가 작게 구겨지고 표정이 살짝 흔들렸다. 그는 바로 평소의 담담하면서 깊이를 담은 표정으로 돌아왔다.

어떤 이미지가 떠올라요?

그는 사진을 유심히 보고는 내게 건넸다.

등에 올릴 건가요?

나는 대답을 하지 않고 되물었다.

개는 정말 사람을 배신하지 않을까요.

얀 킴이 느릿하게 말했다.

그 아이들은 불안할 겁니다. 주인이 언제 자신을 버릴지 모르니까. 사람의 좋아하는 마음은 쉴 새 없이 바뀌니까.

그러니까 공포로 배신을 하지 않는다는 말?

그럴지도 모르죠.

그럼 내가 갑자기 죽으면 내가 키우는 동물은 사정도 모르고 배신당했다고 느끼지 않을까요? 강아지가 이렇게 말할 것 같아요. 등과 엉덩이에도 우리 타투를 새기며 잘난 척을 할 때 알아봤어. 어디로 내뺀 거야?

얀 킴은 그럴 경우도 생기겠다며 사진의 방향을 돌려서 다시 들여다보았다. 이미지가 잘 붙잡히지 않는지 그는 고개를 흔들었다. 그는 마치 이걸 새기면 등의 아이들이 낯선 사람에게 불안해하지 않을까 이렇게 말하는 것처럼 느껴졌다.

얀 킴이 다시 음반을 돌렸다. 피아노가 가볍게 스텝을 밟다가 색소폰이 리듬을 타면서 질주했다가 베이스와 드럼을 돌아보며 함께 박자를 맞추었다. 색소폰의 소리가 이상하게도 맑아 다른 악기로 변신이라도 한 것 같았다. 드럼이 중심을 잡았고 피아노와 베이스가 유연하게 색소폰을 막아섰으나 색소폰이 자신감 있게 앞장서 리드를 해나갔다. 그러면서 그들의 연주는 뭉쳤다가 풀어지고는 하나인 듯 모였다가 각자의 개성으로 나누어졌다. 색소폰은 '캄캄한 밤에 혼자 내버려져도 난 끄떡없어'라는 느낌으로 힘차게 전진했다가 아슬아슬하게 목소리를 낮췄다. 재즈밴드 류의 연주가 이런 거였나? 그날의 사건 이후로 밴드 류의 정기공연을 가지 않았다는 것을 기억하고는 친구 순과 같이 가야겠다고 마음먹었다. 얀 킴과 함께라도 좋을 것 같았다.

내가 일어서자 얀 킴이 말했다.

이 사진은?

나는 잠시 생각했다. 나를 사랑한 동물만으로 내 등을 채운다? 어쩌면 내 몸에 새긴 동물은 사실은 같은 한 마리인지도 모른다. 나는 천천히 또박또박 말했다.

잠깐 보관해줄래요. 아뇨, 아뇨. 그냥 버려주세요. 네. 고마워요.

집으로

그래, 모든 생각을 놓기 전에
마지막으로 붙들고 싶은 것…….

엄마는 보따리를 붙잡고 앉아 있었다. 보따리 다섯을 널어놓은 방은 비좁아 보였다. 차곡차곡 옷과 물건을 넣은 보따리는 두 번 단단히 매듭지었고 손에 들기 적당한 크기였다. 그중 붉은 보자기로 싼 보따리에는 비에 대비해 우산을 가로질러 꽂아놓았다. 보따리 하나는 뭘 챙겼는지 묵직해 들성싶지 않았다. 해가 남아 있었으나 커튼을 쳐놓은 방은 어둑했다. 나는 엄마 앞에 앉으며 말했다. 이게 뭐야? 엄마는 억센 목소리로 말했다. 너도 하나 쥐고 가자. 어디로 말이야. 엄마는 이상하다는 얼굴로 나를 바라보았다. 어디긴. 집이지.

나는 엄마를 물끄러미 쳐다보았다. 엄마는 얼마 전 언니가 사드린 베이지색 바지와 적갈색 블라우스를 입고 머리핀을 두 개 꽂았다. 얼굴에 화장을 했고 입술도 붉게 칠했다. 엄마는 나를 마주 보자 집으로 간다는 갈망이 더 치솟았는지 서둘러 보따리 하나를 들고 일어섰다. 나는 엄마의 급한 마음을 달래려 자개농을 가리켰다. 이건 어떻게 가져가려고.

자개를 박고 옻칠을 한 자개농은 엄마의 보물이었다. 35년 전 구입한 12자 장롱 두 짝과 문갑이었다. 자개로 그린 해와 폭포, 고개를 돌린 산호색 사슴과 원앙 무늬가 찬란했다. 이제는 찾는 사람이 없어 거저 줘도 가져가지 않는 애물이 된 자개농은 엄마가 산 그 시절만 해도 안정된 생활임을 자랑하는 세간이었다. 자개농은 그때 막 약사가 된 언니 월급 두 달치에다 엄마가 모은 적금이 함께 들어갔다. 엄마는 만나는 사람마다 큰딸이 해준 자개농 장롱을 칭찬했는데, 특히 친구들이나 이웃들에게 보여줄 때는 체면도 잊고 즐거워했다.

엄마는 자개농 생각에 머뭇대며 입술을 달싹거리다가 집으로 간다는 욕구가 강했는지 한숨을 포옥 쉬고는 그래도 가야지, 라고 말했다. 오늘은 제가 바빠 안 되고요. 내일 갑시다, 내일 수업 마치는 대로 올게요. 초등학교 교사인 나는 구멍이 난 엄마의 인지능력을 기대하고 말했다. 엄마는 최근의 기억을 까먹었다. 불과 한 시간, 아니 십 분 전에 한 행동을 잊어먹었고 그 망각 부분을 맘대로 상상해서 그럴싸하게 꾸며 넣기도 했다. 어떻게 하든 엄마 기억에 생긴 구멍은 날이 갈수록 넓어지고 있었다. 가까운 날의 기억은 자리를 잡지 못하고 그 구멍 속으로 쑥쑥 빠져버려 사라졌다.

그러나 대체로 무난하게 생활했고 용변과 식사도 큰 문제가 없었다. 엄마는 텔레비전 드라마와 옛 노래가 흘러나오는 라디오를 벗 삼아 내가 추측건대 편안한 노후를 보내고 있었다. 나라에서 지원하는 시간제 간병인이 어머니가 혼자 사는 소형 아파트로 방문해 어머니의 살림을 거들었다. 간병인만으로 어머니를 챙기기 부족해서 우리도 시간제 아주머니를 들였다. 어머니는 집안 청소를 겨우 했지만 엉성했고 식사를 챙겨 들지는 못했다. 밥과 찬을 차린 식탁 앞에 앉혀 놓고 독촉을 해야만 음식을 먹었다.

보따리 옆에 앉은 엄마를 놔두고 아주머니가 나를 거실로 살짝 불러 아무래도 이상하다는 말을 건넸다. 며칠 사이에 어머니가 변해버렸다는 얘기였다. 골똘한 생각에 빠져들어 밥을 절반은 흘렸다고 했다. 엄마가 아무도 없는 식탁 자리에 누군가 앉은 것처럼 수저와 밥그릇을 놓고 많이 먹어라 하며 이야기를 나눌 때도 있다 했다. 빈자리에 수저를 둔다고요? 그런 적이 없었는데요. 그러게 말이에요. 다정스레 말하는 모습이 돌아가신 남편 분 아닐까 싶은데. 여태 한 번도 그러지 않았는데요. 하여튼 많이 먹으라고 할 때 안타까운 목소리라 마음이 짠했다니까. 아유. 그 목 메이는 소리를 들어봤어야 하는데.

유월이라 해는 아직 남아 있었다. 나는 엄마를 모시고 엄마가 찾는 집으로 가볼까 했다. 그런데 어디에 있는 집일까? 가장 최근에 엄마가 떠나온 단독주택은 재개발을 하면서 집들을 모두 부쉈다. 유명 건설회사가 아파트를 짓는 공사현장은 깊게 땅을 파서 파일을 쿵쿵 박고 있었다. 부수기 전 오래된 주택단지는 집집마다 감나무와 무화과나무, 대추와 석류나무가 한 그루씩은 있었고 어떤 집은 담쟁이가 담과 벽을 온통 푸르게 감싸고 있었다. 엄마 집 묵은 석류나무는 단맛 가득한 석류가 풍성하게 열려 가을이면 입을 빨갛게 물들이며 먹곤 했었다. 높은 집이라야 3층이었고 좁은 골목길은 차가 한 대 겨우 들어갈 수 있는 너비였다. 골목에 줄을 이어 주차한 승용차는 앞창에 전화번호를 달았고 나가려는 차가 호출하면 즉시 사람이 뛰어나왔다. 공사장을 빙 둘러 가림 판이 쳐 있고 덤프트럭이 들락날락하는 그곳에서 예전의 정겹고 한가했던 주택지 모습은 찾아볼 수 없었다. 그렇다면 단독주택 전에 살았던 집을 말하는가?

엄마는 조전동과 그 주변에서만 60여 년을 살아왔다. 내가 기억하는 가장 오래된 집은 마당 가운데 우물이 있던 집이었다. 우물을 둘러싸고 일곱 집이 미음 자 모양으로 둘러섰다. 일곱 집의 아이들은 가족처럼 같이 뛰놀고 동네를 쏘

다녔다. 마당에서 고무줄놀이를 했고 연못에 잠자리를 잡으러 다녔다. 우물은 한여름에도 냉기를 뿜어 올렸다. 어린아이였던 내가 두레박을 우물 깊숙이 던져 낑낑대며 길어 올리면 기껏해야 물이 반밖에 차지 않았다. 어른들은 두레박에 물을 가득 담았고 금방 길어 물통을 채웠다. 그때 내게 어른과 아이의 차이란 물통에 쏟아붓는 두레박 물의 차이였다.

엄마. 가고 싶은 집이 어디에요. 마당에 우물이 있던 집? 엄마가 미간을 모으고 입술을 꾹 다문다. 그 집이 아닌가? 두레박을 우물에 던지면 철렁 하고 소리가 났잖아. 엄마도 물을 잘 길었지. 엄마가 보따리를 밀며 말한다. 그래. 내일 집에 가자. 엄마가 멀쩡한 정신으로 순순히 포기한 것 같아 깜빡 속을 뻔했다. 몇 분만 지나면 엄마는 조금 전에 한 말과 행동을 잊어먹기 일쑤다. 그럼. 엄마 한 밤 자고 내일 올게. 나는 엄마의 엄지를 세워 하룻밤이라고 거듭 말해놓는다. 어쩌면 엄마는 내일이면 어딘지 알 수 없는 집으로 간다는 욕망을 잊을지도 모른다.

저녁에 집으로 돌아와 찬숙 이모에게 전화를 걸었다. 찬숙 이모는 조전동에서 오래 산 엄마의 동갑내기 친구였다. 엄마 집에도 자주 놀러 와 국수를 먹고 파전도 부치는 사이였다. 찬숙 이모는 얼마 전에 무릎 연골을 인공관절로 바꾸는 수술을 해서 엄마 집에 뜸했다. 무릎과 허리가 좋지 않지만 정신은 맑고 똑똑했다. 육십 년 전의 자장면이나 버스표 값을 정확하게 말하고 그 시절의 조기 한 두름과 구공탄 네 개 가격을 비교하기도 했다.

찬숙 이모는 엄마가 옛집을 찾는다는 말에 침묵했다. 나도 눈치챌 수 있는 불안과 두려움이 깔린 정적이었다. 전화기 너머로 찬숙 이모가 뭔가를 탐색하고 있는 기운이 느껴졌다. 이모는 내게 엄마가 집 얘기를 하면서 난폭하거나 울지 않았는가 물었다. 아뇨. 온전하게 말했고요. 조금 집요하다는 생각은 들었어요. 글쎄. 그렇게 맨 정신으로 집에 가면 좋겠다만. 아. 네. 근데 엄마가 말하는 집이 어디 같아요? 내가 생각하기는, 찬숙 이모는 쇳소리가 섞인 기침을 몇 번 뱉고 말했다.

학천 옆에 팽나무 알아? 그쪽 골목에 있던 작은 집일 거야. 그곳이라면 단층 주택은 사라지고 지금은 3층과 5층 빌라가 줄지어 있는 곳이었다. 나는 그 집을 알지 못했다. 팽나무는 구청에서 노거수로 지정해서 가득이나 좁은 도로의 한쪽을 가로막고 있었다. 혹시 나무가 넘어질까 봐 나무 아래쪽에 지지대를 받치고 몸통 중간쯤에 견인줄을 매서 땅에 박아놓았다. 지금도 푸른 잎이 무성한 고목은 덩치가 대단해 쓰러지면 지나는 사람이 큰 사고를 당할 수 있다는 말을 들었다. 학천은 나도 어릴 적 자주 놀던 자연하천이었다. 물이 깨끗하고 시원해 여름이면 물놀이를 많이 다녔다. 이상하게도 학천에선 꼭 일 년에 한 명씩은 물에 빠져 죽었다. 물귀신이 된 사람은 조전동에 사는 주민이나 어린애이기도 했고 먼동네 사람이기도 했다. 작년에 죽은 사람 넋이 물귀신이 돼 한 명씩을 끌고 들어간다는 말을 어른과 아이들이 똑같이 믿어 여름이면 학천의 시원한 물 유혹을 이겨내며 물가에서만 놀았다. 오래전 조전동에서 학천을 지나는 다리는 두 개였는데 4차선과 2차선 다리로 새로 지어 놓았다. 학천은 구청에서 예산을 들여 하천 옆으로 산책로와 운동시설을 만들고 가뭄이 들어 수량이 부족하면 수돗물을 끌어당겨서라도 수질을 유지했다. 그래도 물은 예전보다 줄어들어 깊어야 겨우 무릎 정도에 불과했다.

찬숙 이모, 난 그 집이 기억나지 않아요. 그럴 거다. 네가 태어나기 전 집이다. 너희 엄마는 끔찍이도 그 집을 싫어했다. 어휴. 좋은 기억만 가지고 가야 할 텐데. 왜 그 집이 떠올라서는. 그 집에서 무슨 일이 있었어요? 에구. 이제 다 지난일이다. 늙어 귀신이 되어가는 마당에 옛집은 무슨. 50년 넘는 세월이 골목과 집과 길을 깡그리 바꿨는데.

다음 날 낮에 학교로 아주머니가 전화를 해 다급한 말을 쏟아냈다. 이 일을 어째. 글쎄. 화장실 청소하고 나오니까 사라졌다니까. 보따리도 하나 들고서. 엄마는 7층에서 엘리베이터를 타고 사라졌다. 아주머니는 아파트 단지를 뒤지고 도로 맞은편 주택 단지를 찾고 있었다. 아주머니, 제가 수업 마치는 대로 갈게요. 언니에게 말할까 했지만 매어 있기는 약사가 더 심했다. 갑작스런 일이 생겨도 약국을 지켜야 할 약사를 어디선가 구해봐야 했고 그렇게 손을 내밀면 옆에서 기다렸다는 듯 바로 올 약사는 드물었다. 나는 뒤숭숭하게 수업을 마치고 바로 엄마 집으로 달려갔다. 집에 도착할 즈음 아주머니에게 반가운 전화가 왔다. 숨이 찬 목소리로 아파트 옆 놀이터에 엄마가 앉아 있다고 전했다.

아주머니는 거의 죽을상이었다. 두 시간이나 여기저기를 뛰어다닌다고 옷이 젖고 머리가 엉클어져 있었다. 아주머니는 대뜸 일을 그만두겠다는 말부터 했다. 오늘 같은 일을 두 번 당하면 심장이 열 개라도 못 견뎌요. 하늘이 어찌 아득했던지. 남의 집 귀한 사람 잃어버리면 내 죄가 얼마나 크겠소. 어휴. 어지러워라. 앞으론 어쩔까 몰라. 한 번 집 나가기 시작하면 온 천지를 돌아다닌다는데.

나는 엄마를 찬찬히 바라보았다. 큰방에 앉은 엄마는 보따리 하나에 손을 올리고 생각에 잠겨 있었다. 엄마, 밖에 나갔다면서. 어디 갈 데가 있어 찾아봤다. 어디? 엄마는 화가 난 목소리로 답했다. 집이지. 집에 가야 된다. 엄마, 그래서 집을 찾았어? 엄마는 대답 없이 변해버린 조전동 일대 주택과 풍경에 머리가 복잡한지 입을 꾹 다물고 있었다. 엄마의 머릿속엔 몇십 년 전 풍경이 고스란히 살아나 방향을 가리키고 있는지 모른다. 그 풍경은 도로 확장과 재개발과 아파트 건설로 아득하게 바뀐 지 오래였다.

찬숙 이모가 집으로 오셨다. 병원에서 치료를 계속 받아도 무릎은 여전히 시원찮은 모양이었다. 찬숙 이모는 엄마를 보자, 니 내 알겠냐? 큰 소리로 물었다. 엄마는 별 소리를 다 듣겠다는 얼굴이었다. 찬숙이 아이가. 그래 맞다. 니 내를 언제 봤나. 언제 내가 여기를 왔는데. 엄마는 서슴없이 어제라고 대답했다. 찬숙 이모는 무릎이 아파 한 달 넘게 엄마 집에 오지 못했다. 이모는 허허 웃으며 그래 어제 봤다. 어제지. 똑똑하던 너도 가는구나. 그래. 너나 나나 이제 갈 때도 됐다. 그런데 집은 왜 찾는데. 니 집은 여기 아니가. 엄마는 버럭 화를 냈다. 여기가 어디 내 집이고! 여기는 잠시 쉬는 곳이야. 이모가 말했다. 그랬나. 그럼 여기는 언제 왔는데. 어제 안 왔냐. 저기 지은이하고. 엄마는 나를 가리키며 천연덕스럽게 말했다. 엄마는 소형 아파트에서 살았던 1,100일의 날을 꾹꾹 압축해서 달랑 하루로 포장하고선 중요하지 않은 기억을 모아둔 머릿속 한 칸에 치워버렸다.

나는 모란 무늬가 풍성하게 들어간 커튼을 가리키며 물었다. 엄마가 모란 무늬가 들어가야 한다고 고집해 비싼 돈을 들여 장만한 커튼이었다. 저 커튼은 언제 한 거야. 엄마는 밝은 표정으로 고개를 끄덕이며 말했다. 저것도 어제 했지. 넌 모르나. 엄마, 그럼 저 자개농도 어제 온 거야. 엄마는 자개농이 그 자리에 있는 줄 이제야 깨달았다는 듯 놀란 눈으로 농을 바라보았다.

자개농은 어제에 붙잡힌 엄마의 시간 감각을 깨우는 데 효과가 있었다. 엄마는 분명 먼 시간을 거슬러 자개농이 대접받던 시간으로 돌아간 듯했다. 그러나 엄마 얼굴에는 자개농을 기뻐하거나 자랑스러워하는 기색은 조금도 없었다. 엄마의 눈이 커지고 뺨이 실룩거리고 얼굴이 일그러졌다. 엄마는 흉물스런 물건을 이제야 알아보았다는 경악스런 얼굴이었다. 엄마는 벌떡 일어나 거실로 나갔다. 어리둥절한 사이에 엄마가 들고 온 물건은 망치였다. 찬숙 이모와 내가 말릴 틈도 없이 엄마는 자개농의 중앙에 놓인 폭포 무늬에 망치를 휘둘렀다. 꽝 소리에 장롱이 우르르 흔들리면서 자개가 뚝뚝 떨어졌다. 두 번째로 휘두른 망치에 사슴의 목과 뿔이 조각나서 바닥에 굴렀다. 엄마 왜 이래! 나는 망치 든 엄마 팔목을 붙잡았다. 엄마의 팔뚝은 완강했다. 나는 엄마가 어린 우리를 키우기 위해 장사를 하던 젊은 날로 돌아갔는가 싶었다. 엄마는 작은 식당을 운영하면서 온갖 허드렛일도 해치워 밀가루 포대와 감자 자루를 단번에 들어 옮길 만큼 팔 힘이

여간 아니었다. 엄마는 작은 식당을 아무도 데리지 않고 혼자서 다 쳐냈다. 초등학교 앞인데 중학교도 멀지 않아 아이들 손님은 그런대로 있었다. 새벽시장에 나가 야채를 사 오고 저녁 늦은 시간까지 문을 열며 단 한 사람의 손님도 더 받으려 애썼다. 김밥은 들어가야 할 야채 종류가 많고 싱싱해야 해 손이 많이 갔다. 엄마의 솜씨 좋은 떡볶이와 오징어다리와 감자튀김이 주위에 알려지고, 식당을 넓힌 첫 10년이 힘든 고비였다. 나는 어렸을 때 엄마를 도와주기가 어찌 그리 싫었던지. 식당에서 주문 받고 음식 나르는 일이 천해 보여 많이 울기도 했다. 중학교 친구들에게는 우리 집이 식당을 한다는 말도 하지 않았다. 언니는 장녀답게 엄마의 손 노릇을 톡톡히 해냈다. 언니는 새벽에 일어나 우엉과 단무지를 가지런히 썰어서 재놓고 학교에 갔다. 언니도 엄마만큼 독한 여자였다. 식당에 딸린 좁은 단칸방에 셋이 누우면 엄마는 숨소리 한 번 내지 않고 잠에 빨려들어 갔다. 언니는 그런 엄마를 물끄러미 바라보다 손을 꼭 잡아주곤 했었다.

엄마가 왈칵 나를 밀치며 망치를 다시 치켜들었다. 그 사이에 찬숙 이모가 엄마 발을 잡아당겨 엄마가 균형을 잃고 바닥에 쿵 주저앉았다. 여전히 악착스럽게 망치를 쥐고 있어 엄마 팔을 비틀고 손가락을 억지로 펴서야 망치를 뺏을 수 있었다. 드러누운 엄마는 중앙이 흉물스럽게 부서져 헐한 값이라도 받기는커녕 돈을 줘서 버려야 할 형편인 자개농을 보며 속이 시원하다는 얼굴이었다. 소동에 머리가 풀려 헝클어진 엄마는 입을 벌려 길게 웃었다. 왜 진작 저거를 꽝꽝 두들겨 조각내지 못했을까 하는 아쉬움이 담긴 얼굴이었다. 내가 망치를 얼른 부엌 찬장 위층에 숨기자 엄마는 일순간 달군 격정이 사라졌는지 평온한 얼굴로 돌아갔다. 엄마는 사물이 눈에 보이는 대로 반응하다 그 대상이 사라지면 딱 그 자리에 멈춰 서버리는 것 같았다. 허탈했다. 나는 엄마에게 부서진 자개농을 가리키며 말했다. 엄마. 이거 자개농, 부서진 거 언제부터 그랬어. 엄마는 심드렁하게 한마디로 몰라 하고는 입을 닫았다. 꼭 개구쟁이가 물건을 부수고 내가 한 짓이 아니라고 엄살을 떠는 행동 같았다. 이 비싼 농을 누가 이랬냐 짜증을 내면서 다시 캐묻자 엄마는 예의 입에 달린 답변을 꺼냈다. 어제부터 그랬다. 엄마는 능청스런 답을 내놓고 내가 사 온 쿠키를 부수어 먹고 있었다. 엄마는 먹성도 좋아졌다. 어쩌면 조금 전에 먹었다는 사실을 기억하지 못해서인지도 모른다. 엄마가 예전부터 좋아했던 단팥빵도 꺼내 하나를 먹었다. 엄마는 옆에 앉은 찬숙 이모에게 빵과 쿠키를 권하지도 않고 흘깃흘깃 눈길을 던지며 자신이 챙긴 음식을 입에 쏙쏙 넣고 있었다.

엄마가 시치미 뚝 떼고 되풀이하는 '몰라'와 '어제부터'

란 대답은 엄마 지능이 어둠의 세계로 점차 들어간다는 정보가 없으면 무척 얄밉게 들렸다. 엄마의 기억은 가장 최근부터 하나씩 안으로 파먹어 들어가고 있었다. 파 들어간 기억의 고갱이에는 뭣이 들어 앉아 있을까. 국민건강보험공단에서 엄마가 치매로 4급 판정을 받을 때도 엄마는 묻는 질문에 '어제부터'라는 대답을 곧잘 했다. 집으로 찾아온 공단 직원이 엄마의 인지능력을 묻고 시험했다. 엄마는 자신의 앞에 앉은 공단 직원을 시험을 보는 관리로 생각해서인지 묻는 물음 하나하나에 똑바로 대답하려고 진땀을 흘리며 무진 애쓰고 있었다. 내가 공단 직원에게 너무 똑똑하게 대답한다고, 사실과 다르다고 말하자 직원은 할머니들은 치매 측정을 어떤 시험으로 착각해서 잘 대답하려 노력한다고 대답했다. 그런 우여곡절을 세 번이나 겪은 후에 어머니는 겨우 4등급 치매 판정을 받았다.

엄마의 망치질을 본 찬숙 이모는 심상찮은 얼굴이었다. 찬숙 이모는 부서진 자개 앞에서 어쩌면 좋을까를 연발하고 있었다. 그 시절로 돌아갔다니까. 그때로. 나는 물었다. 그때가 뭐예요. 무슨 일이 있었어요. 인생 막바지에 나쁜 기억이 올라와서 뭐 하겠어. 그러면 안 되는데. 그게 고질로 깊숙하게 박혀 있었나. 아유. 나는 방문을 닫고 찬숙 이모를 거실로 데리고 나왔다. 엄마는 태연하게 우리 둘에게 눈도 돌리지 않고 단팥빵에 집중하고 있었다. 도대체 무슨 일이 있었던 거예요. 이모. 나는 찬숙 이모에게 물었다. 그러나 찬숙 이모는 홀로 무슨 생각에 빠져서 고개를 저었다. 찬숙 이모는 나를 빤히 쳐다봤다. 아니다. 내가 뭘 잘못 생각했나 보다. 그럴 일이 없어. 그럼 그럴 리가 없어. 찬숙 이모는 한사코 고개를 저었다.

나는 찬숙 이모를 포기하고 다시 엄마 방에 들어갔다. 엄마는 단팥빵 남은 부분을 꿀꺽 삼키고 오물오물 씹었다.

엄마. 나랑 집에 가봐요. 그래 집으로 가야지. 단팥빵을 다 넘긴 엄마는 서슴지 않고 보따리 하나를 잡고 일어섰다. 너도 보따리 들어라. 나는 엄마를 차에 태우고 학천 옆 팽나무 거리에 내렸다. 엄마는 차에서 내리자 활발하게 팽나무 옆길로 들어섰다. 3층 연립주택이 나란히 선 길을 따라 걷다가 다시 돌아 나왔다. 엄마는 이번에는 신중하게 발걸음을 재서 다시 길로 들어갔다. 길에서 세 번째로 서 있는 연립주택 앞에 섰다. 엄마는 작심한 듯이 1층으로 들어갔다가 계단을 만나선 다시 나왔다. 계단은 옛 단층집에 있을 턱이 없는 구조였다. 나는 엄마를 뒤따르며 물었다. 여기가 엄마가 찾는 집이에요. 엄마는 대답 없이 안타까운 얼굴로 길을 돌아 나와 팽나무 앞에 섰다. 해가 뉘엿뉘엿 지고 있었다. 물이 흐르고 높은 건물도 없었던 옛날 학천 주변은 풍경이 그윽했다. 그 시절에는 학이 여러 마리 천에서 먹이를 찾곤 했었다. 노을이 질 때면 하늘은 궁핍했던 삶을 지우는 화사한 빛이 돌고 아이들은 저녁을 먹으러 집으로 돌아가며 재잘대었다. 일 년에 사람을 한 명씩은 잡아 삼켰기에 노을이 핏빛을 머금어 더 아름답다는 말도 들은 것 같다.

엄마는 학천 집에서 지냈던 삶의 한 조각이라도 건질까 의미 없는 발걸음을 하고 있었다. 엄마 기억에 든 풍경에 맞는 광경이 한 조각도 없으면 엄마는 집으로 가는 길을 포기할지도 모른다. 그러면 엄마의 아픈 기억도 뽑혀 나갈까. 내가 그렇게 일이 잘 되어가리라고 생각하는 사이에 엄마의 시선이 한곳에 꽂혔다. 예전에 학천 나무다리가 있었고 지금은 차도와 인도가 있는 근사한 콘크리트 다리가 놓인 곳이었다. 자주 봐왔던 다리였고 그 변모도 기억했다. 나는 아득한 시절로 접어들며 종전과 다른 기이한 느낌이 들었다. 기이한 감정 속에 뭔가 뾰족하고 무서운 기억이 숨었다가 점점 몸피를 키워 기억을 열고 나섰다.

그날도 지금처럼 노을이 아름다운 저녁 무렵이었다. 여섯 살 즈음이었던가, 나는 친구들과 놀다가 나를 데리러 온 엄마와 같이 문득 멈춰 나무로 된 학천 다리를 보고 있었다. 멀리 다리에서 둥둥 울리는 북소리가 어린 나를 불안하게 하면서 사람을 끌어당기는 그 독특한 소리가 나를 떠나지 못하게 했다. 다리 위에서 무당이 춤을 추고 있었다. 붉은 옷을 입고 모자를 쓴 무당은 점점 빨라지는 북소리에 맞춰 뛰고 있었다. 물에 빠져 죽은 자의 넋을 건지는 굿이었다. 대나무 손잡이에 조각 한지를 붙인 도구를 손에 들고 휘저었던 것도 같다. 북과 장구에 나팔인지 태평소인지 모를 소리가 뒤섞여 박자를 맞춰 높아지다 북소리만 둥둥 남았다. 물에서 죽은 아이의 넋이 올라온다고 했다. 넋은 다리 위에 선 대나무 가지로 옮겨 왔는데 그 넋대를 무당이 잡아 들었는지 죽은 이의 엄마가 들었는지 모르겠으나 대나무 가지가 온통 서슬 퍼렇게 흔들리던 장면은 어제처럼 생생했다. 나는 사람의 영혼이 넋대에 들어와 거세게 흔든다는 사실에 너무 놀라 엄마의 치마를 꼭 붙잡고 붙어 서 있었다. 노을은 붉게 타고 북소리와 세차게 흔들거리는 대나무 가지가 뭉쳐 한 장면으로 꼭 붙어 있었다. 엄마와 나는 오래도록 그 모습을 보았던 것 같다. 무시무시하면서 죽은 자도 잘 달래면 무서울 게 없다는 안도의 순간이기도 했다.

엄마가 학천 다리로 성큼성큼 걸어갔다. 나는 엄마를 쫓아 달렸다. 엄마의 발걸음이 빨라 겨우 따라잡았다. 다리를 걸어서 지나가는 사람은 드물어 인도는 한적했다. 엄마는 인도 가운데로 걸어가서 뚝 멈춰 섰다. 엄마가 주저 없이 오른 팔을 올리더니 왼팔을 잇달아 올렸다. 엄마의 발걸음과 어깻짓이 빨라지며 덩실덩실 춤을 추기 시작했다. 손을 앞뒤로 흔들며 펄쩍펄쩍 뛰기도 했다. 엄마 춤에는 누구라도 가까이 다가설 수 없는 기운이 뚝뚝 흘러 그 춤 동작 가까이 들어가면 튕겨 나올 것만 같았다. 나는 그 옛날 다리에서 넋을 건지던 무당의 춤과 똑같은 엄마 춤을 멍하니 바라보았다. 엄마는 그때 죽은 아이의 넋을 구해내려는가. 나는 속으로 부르짖었다. 엄마. 그 애 넋을 구해낸들 이제 어쩌겠어요. 그만 돌아가요. 붉은색에 핑크와 보라가 섞여 핏빛이기도 하고 예쁜 포장지 같기도 한 노을이 잿빛으로 사라지고 있었다. 엄마는 혼신을 다해 춤의 절정을 향해 달려가고 있었다. 하지만 어디에도 넋대는 없었다. 다리를 지나가는 사람이 우리 모녀를 흘깃거리며 무슨 짓이야 하는 의심스런 얼굴로 쳐다보았다. 그러나 그뿐이었다. 다리를 지나는 몇 사람 누구도 멈춰서 엄마 춤을 지켜보지 않았다. 엄마는 예전 굿과 달리 지켜보는 사람도, 풍악도, 넋대도 없이 혼자만의 행진을 계속하고 있었다. 문득 엄마가 멈춰서 온몸을 떨기 시작했다. 엄마는 다리 중앙 철제 난간에 손을 올리고 그 난간을 움직이려고 애를 썼다. 아이의 넋이 되살아 왔다면 그 철제 난간도 대나무 넋대처럼 휘엉휘엉 흔들릴 것인가. 노을이 끝난 잿빛 하늘로 어둠이 차올랐다. 엄마 발걸음과 몸짓은 처음 시작할 때처럼 돌연히 그쳤다. 엄마는 여기 무슨 일이지 하는 넋 나간 얼굴로 우두커니 어둠을 향해 서 있었다. 학천 다리 아래로 산책하는 사람이 대화를 도란도란 나누며 지나갔다. 엄마가 내게 말했다. 집으로 가자. 네. 엄마, 집으로 가요. 엄마는 내 손에 이끌려 순순히 엄마가 사는 집으로 돌아왔다.

찬숙 이모는 늦은 시각까지 집을 지키고 있었다. 나는 이모에게 캐물었다. 옛집에서 엄마에게 무슨 일이 있었어요? 이모. 나는 찬숙 이모를 다시 다그쳤다. 엄마가 저 지경인데 이제 와서 못 할 말이 어디 있어요. 예, 이모 말해봐요. 제발. 이모까지 이럴 거예요? 나는 찬숙 이모의 어깨를 흔들며 노려봤다. 그 서슬에 찬숙 이모도 어쩔 수 없었는지 간신히 떨리는 목소리로 뱉어냈다. 입안에 오래 씹고 있던 질긴 무엇을 그냥 뱉어내듯이.

너희들이 아무리 엄마를 이해해도 너희들은 모르는 네 엄마의 아픈 부분이 있다. 이제 마지막이 되니 너희 엄마는 자기가 정신이 조금이라도 있을 때 그 마지막 기억을 붙들고 싶었는지 모른다.

붙들고 싶어요?

그래, 모든 생각을 놓기 전에 마지막으로 붙들고 싶은 것……

글쎄, 그게 뭐냐고요?

찬숙 이모는 또 한 번 머리를 흔들었다.

네 엄마는 너희 아버지와 결혼하기 전에…….

결혼하기 전에? 결혼하기 전에라면…….

상대는 소위 첫사랑이라고 할 수 있는 그런 남자였지. 둘은 같은 읍에서 자랐고 동네도 이웃이라 일찍부터 잘 알고 지낸 사이였어. 지금 와서 얘기지만 너희 엄마는 인근 지역에서 소문나게 예쁜 처녀였단다. 그러니 탐내는 남자들이 많았지. 그런 네 엄마가 좋아한 남자도 그래. 처녀라면 누구나 한 번 더 쳐다볼 그런 호남자였거든. 너희 엄마가 스무 살, 남자는 스무다섯 살. 둘은 물불을 가리지 않고 순식간에 빠져들었지. 양쪽 집안이 다 넉넉하지 않아 너희 엄마는 중학교만 졸업했고 그 남자도 고등학교를 졸업하고 도시에 나가 금형 공장에 취직을 하자 둘은 살림부터 차린 거야. 남자는 처음에는 착실했지. 그러다가 공장 일이 끝나면 동료들과 어울려 술을 자주 마셨지. 그냥 술만 마시는 게 아니라 나중에는 노름까지 했어. 심심풀이 삼아 하던 노름 때문에 점점 빚이 늘어났어. 돈을 잃은 날이면 부부 싸움을 하다가 제 성질을 감당하지 못하고 가구들을 마구 집어 던지곤 했는데 그날따라 남자는 제품에 불량이 많다는 이유로 공장장으로부터 호된 질책을 받고 술에 취해 노름판에 끼어들었다고 해. 밤 열두 시가 넘어 술이 엉망으로 취한 남자는 집으로 달려와 미친 듯이 노름 밑천을 찾아 여기저기를 뒤지기 시작했는데……

그때 너희 엄마는 애를 출산한 지 석 달밖에 안 됐으니 어떤 기분이겠어. 그때도 중고 자개농이 한 자리를 차지하고 있었지. 남들에게 없어 뵈지 않으려고 중고를 들여놨던 게야. 남자는 마침내 저 중고 자개농 구석구석까지 뒤졌어. 그 지경이 되면 눈에 뵈는 게 없는 법이지. 너희 엄마도 악에 받혀 죽기 살기로 덤벼들었고. 그러자 남자는 아내를 후려 패다가 제 성질을 못 이기고 손에 잡히는 대로 집어 던지기 시작한 거야. 아이를 싼 포대기를 이불 뭉치인 줄 알고 그냥 냅다 집어 던진 거지. 그 이불 뭉치는 자개농에 받혔고. 그러고도 부부는 애가 죽을 줄을 몰랐어. 너희 엄마는 반쯤 혼절해 쓰러져버렸고 남자는 다시 노름방에 달려갔거든. 이튿날 늦은 아침에야 너희 엄마가 깨어나 죽은 아이를 발견했지. 너희 엄마는 며칠 동안 제정신이 아니었어. 너무 감당하기 어려운 일이었으니까. 네 엄마가 일찍 봤으면 아이가 살았을지도 몰라. 그게 더 엄마를 괴롭혔어. 반쯤 혼이 나간 너희 엄마는 몸을 떨고 헛소리를 하고 그 애를 한사코 놓지를 않고 끌어안은 채 지냈어. 죽은 걸 인정하지 않은 거지. 그러다 남자가 그 죽은 애를 싼 포대기를 안고 학천에 버린 거야. 그 시절엔 학천 물이 깊고 물살도 빨랐지. 관청에는 아이를 병사로 처리했고 그 시절엔 어린 아이 하나 죽은 게 큰일도 아니었거든. 가까운 사람 몇을 빼면 아이가 급사한 것으로 알고 지나갔어. 그게 이제야 터져 나오다니.

찬숙 이모는 목이 마른지 컵에다 수돗물을 그대로 받아 벌컥 벌컥 마셨다. 나는 아찔하고 어지러웠다. 이게 무슨 소린가? 그렇다면 그 백일도 안 돼 죽은 아이는 내 오빠란 말인가? 그리고 어머니는 오십 년도 전의 그때로 돌아가 있단 말인가? 나는 머리가 터질 것처럼 복잡해졌다. 어머니가 갑자기 오십몇 년 전의 역사를 내 앞에 툭 던져준 느낌이었다.

그러고는요?

너희 엄마는 남자를 절대로 용서하지 않았지. 아이가 죽고 얼마 지나지 않아 엄마는 집을 나갔고, 식당을 하는 이종사촌 언니네 집에 기숙을 했어. 남자는 일 년쯤 너희 엄마를 찾아와 빌었지만 엄마는 끝내 용서를 하지 않았지. 인물이 좋아 늘 주변에 남자들이 유혹했지만 눈길 한 번 주는 법이 없었다. 식당일에서 손을 떼고 너희 엄마는 학교 앞 문방구를 하던 시절에 너희 아버지를 만난 거야. 단골인 데다 말없고 성실한 남자였어. 그런 너희 아버지도 명이 긴 사람은 아니어서 너희들이 제 앞가림을 할 만하니까 사고로 죽었고…… 엄마 혼자서 분식점을 하면서 너희들을 뒷바라지해 왔고…… 그런데 너희 엄마도 참…… 이젠 치매라니. 이게 무슨 날벼락이냐?

그날 밤 어머니는 깊고 깊은 잠에 빠졌다. 너무나 고른

숨소리여서 그 잠은 한없이 맑고 정갈한 느낌이었다. 그 옆에서 나는 밤새 불면으로 앉아 있었다. 어머니는 좀처럼 깨어나지 않았다. 자세도 반듯하게 마치 죽은 시체 같았다. 날이 밝아도 어머니는 깨어나지 않았다.

학교에 오늘 출근하지 못한다는 사정을 이야기하고 비로소 몰려드는 잠에 쓰러져 깨어났을 때도 어머니는 눈을 뜨지 않았다. 어머니가 깨어난 것은 이튿날 늦은 오후였다. 깨어난 어머니는 아무것도 기억하지 못했다. 나도 알아보지 못하고 언니도 알아보지 못했다. 완전한 치매, 완전한 백치였다. 그것은 이상한 경험이었다. 어머니지만 어머니가 아니었다. 낯설고 늙은 여자가 아무 이유 없이 그곳에 앉아 있는 것 같았다. 어머니와 우리는 서로 마주 보면서 멍하니 앉아 있었다. 우리는 낯선 사람들처럼 서로 띄엄띄엄 이상한 대화를 나누었다.

식사를 하세요. 엄마.

엄마라니? 내가 왜 당신들 엄마야?

그럼 어떻게 이 집에 어머니가 있겠어요? 그걸 어떻게 설명하시겠어요?

글쎄, 그건 모르겠네.

여긴 엄마 집이고 우리는 엄마 딸이에요.

아니…… 여긴 내 집도 아니고…… 당신들은 나도 모르겠어. 내가 어째서 이 집에 있는지도…… 미안하지만…….

사흘 째부터 우리 자매는 아무것도 어머니에게 확인하지 않았다. 엄마는 그날부터 부지런히 바깥으로 도망할 궁리만 했다. 언니와 나는 어머니를 요양원에 모셔야 한다는 사실에 쉽게 합의를 봤다.

언니와 함께 엄마를 병원으로 모시는 날은 하늘이 맑았다. 엄마는 밖으로 나가 병원에서 진찰받고자 하는 우리 요청에 스스럼없이 응했다. 언니가 차를 운전해 먼저 엄마가 좋아하던 냉면집으로 갔다. 엄마는 먹성 좋게 냉면을 뚝딱 비웠다. 냉면을 먹으면서 언니가 면을 흘리자 엄마는 야야, 네가 뭐 안 좋은 일이라도 있나 하면서 걱정스럽게 말을 건네기도 했다. 그럴 때의 엄마는 우리를 키우던 어릴 때의 억세고도 자상한 엄마의 목소리 그대로였다.

요양병원 1층에 있는 진료실 의사는 젊은 여자였다. 흰 가운을 입은 가정의학과 전문의는 엄마에게 이것저것 물어보았다. 올해가 몇 년도입니까. 지금 계절은 봄, 여름, 가을, 겨울 언제인가요. 제가 말한 승용차, 나무, 구름, 바다를 조금 뒤에 다시 물어볼 테니 말씀해주세요. 질문하는 나는 누구입니까. 여기는 어디입니까. 엄마는 이런 질문에 대답을 하지 못했다. 엄마는 우물쭈물 엉뚱한 말을 하다가 난처하다 싶으면 입을 다물기도 했다. 여기가 병원인 것도, 앞에 앉은 사람이 의사라는 사실도 몰랐다.

의사가 말했다. 치매라기보다 거의 인지능력이 없습니다. 말을 한다든가 밥을 계속 먹는다든가, 어떤 물건에 집착한다는 것은 일종의 본능이고 조건반사일 뿐입니다. 밖으로 나가 돌아다니기도 했다고요? 배회 행동이 있으시군요. 여기 계시면서 처방하는 약 효과를 두고 봅시다.

엄마의 병원 입원은 빠르게 진행되었다. 4층은 중앙에 간호사실과 텔레비전이 놓인 휴게실이 있었고 복도를 사이로 한편에 6개씩 총 12개의 병실이 있었다. 복도에는 허리 높이로 짚고 걷는 손잡이가 설치되어 있었다. 복도와 병실은 역한 냄새로 가득 차 있었다. 변과 오줌과 가래에다 시들어가는 노인의 피부 냄새, 그리고 그 냄새를 없애기 위해 뿌린 소독과 방향제가 뒤섞여 녹녹하고 끈끈한 냄새가 척척 달라붙어 있었다. 간호사의 옷과 차트에도 냄새는 살아 있었으며 빨아서 개어 놓은 환자복도 냄새를 내뿜고 있었다. 어느 병실에서 다투는지 시끄러운 소리가 들렸다. 끙끙대는 신음도 들렸으나 환청인지 귀를 세우자 사라졌다. 엄마가 입원한 415호실은 5인실로 침상 한 곳에 치매 환자, 두 곳에 노환 환자가 누워 있었다. 돌봄 아주머니가 엄마의 옷을 벗기고 흰 환자복으로 갈아입혔다. 엄마는 침대에 앉아 무덤덤하게 시키는 대로 따랐다. 환자복으로 갈아입자 병원 환경에 걸맞은 영락없는 치매 환자로 변해버렸다. 환자 두 사람이 침상에 앉아서 신입 환자인 엄마의 입소 절차를 지켜보고 있었다. 나와 언니는 어머니에게 필요한 생활용품을 사기 위해 병실을 빠져나왔다. 언니는 가게에 바로 가지 않고 대신 승용차 쪽으로 갔다. 운전석에 오르자 언니는 펑펑 눈물을 쏟아냈다.

우리는 한참을 울다가 너무 늦는 것 같아서 서둘러 가게로 갔다. 엄마에게 필요한 속옷과 물병 그리고 생활용품을 샀다. 4층 병실 간호사실로 물건을 전달하려 들어가자 엄마가 입구 휴게소에 앉아 있다 태연히 물었다. 여기 누구를 보러 왔나? 엄마를 보러 왔지만 엄마가 병원에 입원했다는 말을 꺼낼 수가 없었다. 엄마는 여기를 어디로 인식하고 있을까 궁금했지만 두렵기도 했다. 엄마. 여기는 병원이고 엄마 집은 따로 있잖아. 내가 말하자 엄마는 딱 부러지게 말했다. 아니다. 여기가 내 집이다. 내 집은 여기뿐이다. 엄마가 말하는 집이란 언제 적 집일까.

아줌마들은 누구야? 우리는 엄마 딸이잖아. 나는 딸 없다. 좀 있으면 아들이 올 꺼다. 아들? 강에 버려졌던 그 아이를 말하는 것일까. 나는 언니를 쳐다보았다. 언니는 태연하게 말했다. 아들이 뭐하는데요? 형식이는 회사에 다닌다. 어제 개를 봤다. 어디에서요? 학천 다리에서. 내가 집으로 와야 한다고 야단쳤더니 멀어서 그렇다고 미안해하더만. 엄마는 멀리 있는 형식이가 안타까운지 한숨을 포옥 쉬었다. 그런데 당신들은 누구지? 누구 보러 왔지? 하고 어머니가 물었다. 우리는 엄마 딸이잖아요. 내가 말했다. 아니다. 아줌마들은 내 딸이 아니다. 나는 딸이 없다. 그래도 우리는 엄마라고 부를래요. 승낙해주실 거죠? 그래 그래, 나야 좋지. 엄마, 여기 며칠 있어보고 맘에 안 들면 집으로 가요. 나는 엄마 손을 잡고 말했다. 울지 마, 왜 울고 그래? …… 여기가 내 집인데…… 어머니가 밝게 말했다. 뭔가 이상하고 처참하고 이해할 수 없었다. 그러나 그건 엄연한 현실이었다. 우리가 할 수 있는 건 슬퍼하는 것밖에 없었다.

병원을 나서야 할 때였다. 엘리베이터가 서며 휠체어에 탄 환자와 몸 반쪽을 제대로 쓰지 못하는 할아버지가 내렸다. 할아버지 아내처럼 보이는 할머니가 팔짱을 끼고 하나, 두울, 천천히, 라며 할아버지의 발걸음을 이끌었다. 간호사가 와서 어머니의 손을 잡았다. 우리가 엘리베이터에 타자 엄마는 웃음을 지으며 손을 흔들었다. 엄마. 빨리 나아서 집으로 가요.

엄마는 그저 그 농담을 잘 안다는 듯이 더욱 환하게 웃었다.

나는 장성택입니다

그렇습니다. 비록 비루한 삶을 그때까지 이어왔지만
내게도 한 가닥 꿈은 있었는지 모릅니다.

내가 언제 가장 행복했을까요. 천리마강선제강소에서 노동을 할 때였습니다. 왜 거기로 갔냐고요. 1970년대 말, 나는 여자들과 파티를 즐기다 보위부에 적발되었습니다. 김정일 장군의 연회를 본따 놀았지요. 내 주위에 사람도 많이 모일 때였습니다. 김일성 주석의 사위라서 세도를 쓴다는 비판이 드셌지요. 김정일 동지는 내게 혁명화 처벌을 내렸습니다. 평안남도 강선의 제강소에서 현장 노동자와 똑같이 생활하는 벌이지요. 노동으로 혁명정신을 채우라는 조치였죠.

힘들었습니다. 주물을 만들었죠. 쇳물을 주입한 주물 틀을 식혔다가 모래를 분리해내는 일이었습니다. 탱크 부품이었지요. 틀에서 분리한 탱크 부품은 뜨겁습니다. 여름이면 뜨거운 열기가 작업장을 몰아쳤습니다. 겨울의 찬바람이 그렇게 좋을 수가 없었지요. 용해로에서 쇳물을 녹이는 작업도 했습니다. 난 조장이 시키는 대로 삽으로 불순물을 건져내었지요. 1500도가 넘는 시뻘건 쇳물에 정신이 아득했지요. 용해로 쇳물 안에 이물질이 들어 있으면 폭발합니다. 튄 쇳물이 보호 장비를 뚫고 허벅지에 상처를 내기도 했지요. 끼니는 강냉이밥으로 때웠습니다. 처음에는 거친 밥이 목을 넘어가지 않았습니다.

김정일 장군은 제강소에 내가 노동자와 똑같이 일하고 똑같이 먹고 자도록 철저한 지시를 내렸습니다. 국가안전보위부에서 예고 없이 작업장을 찾아 점검을 했지요. 공장 지배인도 작업반장도 나를 봐줄 방법이 없었습니다. 아내 김경희도 손을 쓰지 못했으니까요.

나는 힘든 노동 속에서, 강냉이밥으로 해방을 얻었습니다. 정말 편안했습니다. 동료 근로자들과 싸구려 소주를 한 잔씩 나눌 때면 나는 정말 노동대중으로 돌아간 것 같았습니다. 값진 술과 미인도 생각나지 않았고요. 백두혈통에 붙은 곁가지로서의 삶을 그때만큼은 떨쳐버렸지요.

제강소에서 일하며 나는 김일성 주석과 김정일 장군이 얼마나 무거운 짐을 짊어졌는지 깨달았습니다. 수령의 자리에서, 혁명대오의 정상에서 일한다는 것은 호락호락하지 않습니다. 절대 고독의 자리입니다. 자신의 말 한 마디에 수만, 수십만 인민의 삶이 달라집니다. 그것은 누구나 원하는 자리이면서 누구나 벗어나고 싶은 곳이기도 합니다. 김정일 장군은 그 자리를 무시무시한 감성으로 이겨내었습니다.

훗날 외국을 다니며 김정일 장군의 생활물품을 조달할 때 나는 그 일을 엄숙하게 받아들였습니다. 고급 와인과 60피트 호화 요트를 평양으로 보내며 갈등하지 않았습니다. 인민이 굶주리는데 그게 웬 사치냐고요. 신정의 정치에서 그 정도는 감수해야지요. 호화 요트 아니라 그보다 더한 무엇이라도 수령의 노고를 달랜다면, 수령의 지친 다리를 쉬게 한다면, 그래서 훌륭한 정치가 된다면, 나는 백 번이라도 그런 물품을 구하러 뛰어다닐 뜻이 있었습니다. 나는 김정일 장군이 몇 번이나 무너질 뻔했던 모습을 보았습니다. 수십만 명이 굶어 죽는 고난의 행군을 할 때 장군의 정신은 무너지기 직전이었습니다. 위태롭게 겨우 버티고 있었지요. 핵 실험을 하며 국제사회에서 제재를 받을 때도 그랬습니다. 핵을 일단 개발했으니 포기란 있을 수 없습니다. 그러나 국제사회의 압박은 끝이 없을 것입니다. 중국도 교활하게 공화국을 괴롭힐 것입니다. 공화국이 처한 현실도 곳곳이 구멍이었습니다.

김정일 장군이 비료공장 현지 지도를 나갔을 때 일입니다. 공장은 깨끗했고 모든 게 잘 돌아갔습니다. 비료는 김정일 장군이 보는 앞에서 펑펑 쏟아져 나왔습니다. 회색 포대에 담긴 비료가 트럭에 마구 실렸지요. 김정일 장군은 칭찬을 하고 필요한 물자를 대 주라고 지시했습니다. 평양으로 돌아오는 승용차에서 김정일 장군이 내게 말했습니다.

"장 동지는 저 쇼를 어떻게 생각하나?"

내 등에서 식은땀이 흘렀습니다.

"지도자 동지. 쇼라니 무슨 말씀이신지?"

"한 달에 며칠도 못 돌아가는 공장 아닌가. 내 앞에서만 번지레 내놓고 말이야."

나는 침묵했습니다. 장군은 꼭 대답을 원하는 얼굴이 아니었습니다. 자신에게 물음을 던지는, 고민에 찬 얼굴이었습니다. 고뇌 많았던 김정일 장군도 마침내 돌아가셨습니다.

금수산기념궁전의 영결식은 장중합니다. 김정은 장의위원 1위 동지가 눈물을 닦고 있습니다. 나도 눈물을 훔쳤습니다. 김정은 동지는 김정일 장군이 몇 년 전 뇌출혈로 쓰러졌을 때보다 단련되고 늠름한 모습입니다. 나는 장의위원 19위입니다. 나는 늘어선 장의위원들을 살펴보며 그들 중 몇 명이나 앞으로 닥칠 험한 파도에서 살아남을까 생각합니다.

나는 그날 순장을 바랐습니다. '위대한 영도자' 김정일 장군의 발치 아래 말입니다. 몸을 모로 세우고 무릎을 올린 자세로 함께 쉬고 싶었습니다. 나는 백두혈통의 발아래에 묻혀야 좋았습니다. 살아서 백두혈통의 첫째 마름으로 일했습니다. 마름이라니, 지나치다고 생각할 수도 있습니다. 하지만 내 삶은 결코 신성(神聖)의 경계에서 한 발짝도 더 들어갈 수 없었지요. 나는 그 경계를 잘 알고 있습니다. 그 경계선 안에서 나를 아끼고 키웠던 김정일 장군이 사라진 것입니다. 그러니 나도 순장으로 내 삶을 매듭지어야 했던 것입니다. 죽음은 공평합니다. 신성, 신정(神政). 모두 헛됩니다. 육체는 떨어지고 묻히고 맙니다. 나도 공평한 죽음과 더불어 후퇴해야만 했던 것입니다.

나라를 다스릴 김정은 동지는 내 조언을 경청하고 있습니다. 그러나 젊고 혈기 넘치는 지도자가 어디로 향할지 누구도 알 수 없습니다. 남조선에서 나를 공화국 2인자로 부른다고 하더군요. 남조선의 물정 모르는 기자들이 이러니저러니 하는 말을 귀담아 들을 건 없습니다. 그들은 수령이 누구인지 알까요? 수령의 영도 아래 하나로 움직이는 정치를 겪어보았겠습니까? 몇 년에 한 번씩 선거로 대통령을 갈아치우는 나라에서 모든 체제와 법 위에 선 존재를 이해할까요? 수령이 영도하는 유일체계에서 2인자가 무슨 소용일까요? 나는 내가 손에 쥔 권력이 어디에서 나왔는지 알고 있습니다. 김경희 동지로 얻어진 권력일 뿐입니다.

김일성종합대학에서 김경희 동지를 만난 건 내 운명이었

습니다. 위대한 김일성 주석의 딸이 나를 좋아했습니다. 그것
도 아주 열렬히 말입니다. 김경희는 아버지를 닮아 배짱 두
둑한 여자였습니다. 주위의 눈이 어떻든, 김일성 주석이 뭐라
말하든 자신의 감정에 충실했습니다. 백두혈통에서 사위를
고른다는 건 예삿일이 아닙니다. 김일성 주석이 고르고 골라
딸에게 사윗감을 내놓을 생각이었습니다. 그런데 김경희는
그런 집안의 큰일이자 나라의 대사를 무시하고 나를 쫓아다
닌 것입니다.

내가 말해 쑥스럽기는 하지만 나는 김일성종합대학 여
대생에게 인기가 좋았습니다. 인물이 훤했지요. 노래를 잘하
고, 아코디언을 켜고, 춤도 잘 추었습니다. 여성 동지들은 무
엇보다 내가 여자를 대하는 태도에 매혹되었습니다. 나는 여
자를 존중했습니다. 나는 당이나 나라보다 여자를 더 앞세웠
습니다. 여자를 만날 때는 그 여자에게만 마음을 다 쏟았다
는 말입니다. 그녀와 나 사이에 뭔가 끼어 들어오는 것을 싫
어했습니다. 오롯한 마음이었지요. 여자들은 자기만을 향한
남자의 마음에 반하지 않습니까? 그러니 김경희가 내게 끌릴
법도 하지요.

김경희와 나는 연애에 빠졌습니다. 그러나 김경희가 나를
선택한 연애였습니다. 연애에 깊이 빠진 건 김경희였지요. 그
녀는 교수의 시선을 상관하지 않고 교실의 내 옆자리로 찾아

들었습니다. 대학의 광장에서 김경희는 내 팔짱을 꼈습니다. 어떨 때는 학생들이 다니는 느티나무 아래 벤치에서 나를 껴 안았습니다. 내 얼굴을 만지고 자신의 입술을 내 얼굴에 부 비기도 했지요. 주석의 딸은 자신을 사로잡은 사랑의 감정 에 어쩔 줄을 몰라 했습니다. 오직 자신의 감정에 충실하게 복종할 뿐입니다. 공화국의 1960년대 대학에서는 보기 드문 광경이었지요. 여자가 남자를 선택하고, 여자가 먼저 남자 의 손을 잡고 몸을 안는다니, 놀랄 일이었습니다. 남조선의 1960년대 대학도 그랬을 겁니다.

김경희의 애정 공세에 나는 곤란했습니다. 그저 그녀의 거친 돌격을 막기에 바빴습니다. 주석의 딸이었기 때문입니 다. 김일성 주석은 신에 가까운 존재입니다. 주석이 딸의 연 애를 어떻게 바라볼지 어려웠습니다. 대학의 보위대원으로 부터 주석이 딸의 연애를 좋아하지 않는다는 말을 전해 들었 습니다. 내 행동은 모두 보고가 되고 있을 겁니다. 그렇다고 김경희를 딱 잘라 거부하기도 그렇습니다. 주석의 딸이었기 때문입니다. 김경희가 앙심을 품으면 무슨 일을 벌일지 몰 랐습니다. 아니 앙심을 품는다는 것 자체가 재난이었습니다. 주석의 딸은 눈짓과 손짓 하나로 어떤 참혹한 결과를 만들 어낼 힘을 지니고 있었습니다.

내게 여성 동지들이 가까이 오지 않았습니다. 김일성대학의 여자들 모두가 나를 버린 것 같았습니다. 내가 다가서 말한 마디만 건네도 놀라 부랴부랴 자리를 떴지요. 나와 같이 있는 모습을 보이지 않으려고 결사적으로 노력하는 것입니다. 그전에는 여성 동지들이 나랑 노래를 같이 부르고 농담도 했습니다. 나를 짓궂게 꼬집는 여성 동지도 있었지요. 거대한 자석이 내 주위의 여자를 끌어당겨 쓸어버린 것입니다. 나는 행복했을까요. 불행했을까요. 나는 으스대었을까요. 아니면 초라하게 기가 죽었을까요. 나는 그 경계에서 줄타기를 하고 있었습니다. 나는 행복하면서 불행했습니다. 뽐내면서 동시에 풀이 죽었습니다.

나는 공화국에서 핵심 성분 출신입니다. 아버지가 일제에 저항하는 농민 운동을 했었지요. 공화국에선 출신 성분에 따라 갈 수 있는 대학이나 직장이 다릅니다. 그러나 나는 빨치산 항일 유격대 집안 출신은 아니었지요. 백두혈통도 아니고 백두혈통과 같이 생사의 고비를 넘나든 출신도 아니지요. 성골도 아니고 진골도 아니었습니다. 남조선 사람들은 출신 성분을 우습게 압니다. 노력하면 원하는 삶을 산다고 말들 하지요. 주술입니다. 엉터리 선전이지요. 출신 성분이란 지주 계급이나 노동자 계급 누구에게서 태어났다는 것만을 말하지는 않습니다. 출신 계급에 따라 어린 시절 놓인 환경이 다르고, 경험이 다릅니다. 부모에게서 어떤 교육과 생각을 전해

받았는지, 주위의 친구들이 누구인지 모두가 연결됩니다. 남조선에도 금수저가 있고 흙수저가 있다고 압니다. 어려서 고생 없이 자라 원하는 것을 마음대로 하고, 외국 유학을 자유롭게 다녀오고, 부동산과 주식과 예금이 넉넉해 생활 걱정이 없는 사람의 세상이 있습니다. 초등학교 시절부터 입고 싶은 옷과 신발을 신지 못하고 대학에서는 아르바이트로 학비를 벌며 사회에 나와선 반지하방 한 칸에 살며 자본주의의 매서운 채찍에 쫓기는 세상이 있습니다. 그 두 세상이 어찌 같을까요. 그 두 세상을 산 사람이 어찌 같은 세상을 살았다고 할 수 있을까요. 두 사람의 사상과 행동과 세계관은 다릅니다. 다를 수밖에 없지요.

김경희는 나를 정복해가고 있었지요. 나는 압도적인 군사력을 지닌 정복자에게 저항하는 것도 아닌, 그렇다고 굴복해버린 것도 아닌 어정쩡한 모습으로 정복당해가고 있었습니다. 나는 김경희에게 말을 너무 많이 해서도 안 되었고, 너무 적게 해서도 곤란했습니다. 나는 김경희의 말을 너무 귀담아들어도 안 되었고, 너무 소홀히 해도 어려웠습니다.

마침내 김일성 주석이 결단을 내렸습니다. 딸의 연애를 더 이상 견뎌내지 못한 것이지요. 딸의 남편감으로 나를 택하기 곤란하다는 결정이기도 했습니다.

당의 높은 분이 나를 만나러 왔습니다. 백두혈통에 속한 분이기도 했지요. 내게 김경희를 더 이상 만나지 말라고 했습니다. 형식은 대화였지만 엄중한 지시였지요. 곧 나는 원산경제대학으로 전학을 갔습니다. 원산까지 먼 길을 가며 내심정은 복잡했습니다. 내 얼굴의 절반은 기뻐했고 절반은 슬퍼했습니다. 뛰어난 화가가 내 모습을 그렸다면 얼굴에 나타난 일치의 불일치를 상징이나 추상으로 기묘하게 그려냈을 것입니다. 나는 김경희에게서 해방되었습니다. 동시에 가장 빠르게 출세할 길도 사라졌습니다. 하지만 젊은 나는 먼저 해방을 즐겼습니다. 나는 마음속으로 웃었습니다. 이제 나만의 삶이 나를 기다리는구나. 원산에 내려와서야 나를 짓눌렀던 중압감에서 벗어날 수 있었습니다. 나는 뺨이 발그레한 청춘으로 돌아갔던 것입니다.

원산은 작고 아름다운 도시였습니다. 명사십리로 불리는 바다는 편안하게 사람을 반겼습니다. 신을 벗고 해변을 걸으면 발을 간질이는 모래가 시원했지요. 파도가 발목을 부드럽게 감쌌습니다. 나는 그 해변을 원산경제대학의 후배 강미선과 걸었습니다. 나는 강미선의 손을 살그머니 잡았고 그녀도 살그머니 잡혀주었습니다. 그러다 잠시 후에 그녀는 손을 빼내었지요. 해변의 솔밭에서 강미선에게 입을 맞췄습니다. 해가 넘어가며 바다와 땅의 경계가 사라지고, 밤과 낮의 경계도 사라지는 시간이었지요. 주위는 고요했고 바람은 잔잔했습니다. 강미선은 완강하게 나의 입술을 거부했습니다. 하지만 나는 그 거부 속에서 조금씩 그녀의 마음이 열리는 것을 느꼈습니다. 강미선이 입술을 열고 나를 받아들이면서 내 가슴을 꼭 껴안았습니다. 그건 자신의 마음과 젊음을 나와 나누겠다는, 나와 장래를 같이한다는 약속이었습니다. 그렇게 나는 원산경제대학을 졸업해서 경제관리원으로 또는 소기업의 지배인으로 일했으면 좋았을 것입니다. 아이도 몇 명 낳고 행복한 가정으로 남들의 부러움을 받으면서 말입니다. 하지만 운명은 짓궂게 기대를 배신하기 마련입니다.

김경희가 원산경제대학으로 찾아왔습니다. 내가 강미선과 명사십리 해변을 거닐 때 김경희는 아버지와 싸우고 싸웠습니다. 그녀는 자신의 애정을 믿었고 마침내는 그 애정이 자신의 본질임을 믿었습니다. 나는 사랑하므로 존재한다. 아버지 주석도 딸의 고집을 꺾지 못했습니다. 김경희는 볼가 승용차를 타고 원산까지 긴 비포장도로를 달려왔던 것입니다. 평일 수업 시간에 먼지를 뽀얗게 쓴 검정 볼가 승용차가 교정에 들어섰습니다. 그녀는 거침없이 교무과로 가서 내게 메모를 전해달라고 요청했습니다. 그러고는 교정에서 기다렸습니다.

둥근 라이트가 붙어 있고 라디에이터 그릴에 별과 1이 연속되는 번호판을 단 볼가 승용차를 보자 강미선은 바들바들

떨었습니다. 그녀는 나를 둘러싼 소문이 사실임을 안 것입니다. 강미선은 수령의 딸과 연애 경쟁을 했습니다. 신화에는 신의 아들딸과 사랑에 빠졌다가 희생당한 무수한 사람이 나옵니다. 나는 교정으로 나가면서 새하얗게 질린 강미선을 지나쳤습니다. 그녀는 내게 불안과 두려움이 가득한 눈으로 뭔가를 물었고 나는 고개를 끄덕였습니다. 그것으로 우리 청춘의 만남은 끝났던 것입니다.

그러나 나는 교정으로 내려가면서 굳게 맹세했습니다. 김경희에게 이별을 통보하리라. 권력의 도시 평양에서 멀고도 먼 원산에서 강미선과 함께 작고 소박한 삶을 살리라. 그러나 3층 복도를 지나면서 내 결심은 허물어지기 시작했습니다. 1층 현관을 지나자 잠시나마 굳었던 내 마음은 절반으로 줄었습니다. 교실의 학생들은 복도로 몰려나와 김경희를 구경하고 있었습니다. 김경희에게 다가갈수록 하늘에서 내려온 황금의 동아줄이 떠올랐습니다. 내가 손을 뻗는다면 김경희는 그 줄을 내게 건넬 것입니다. 나는 어지러웠습니다. 김경희는 도도하고 오만하게 볼가 승용차에 기대 나를 바라보고 있었습니다. 김경희 바로 몇 걸음 앞에서 내 마음은 무너졌고 무릎을 꿇었습니다. 나는 백두혈통의 포근한 품에 안겨들었습니다.

김경희의 사랑은 마침내 김일성 주석도 이겨냈습니다. 김일성 주석은 탁월한 항일 빨치산 혁명가였으나 딸 앞에서는 어쩔 수 없는 아버지에 불과했습니다. 딸의 고집을 꺾지 못한 김일성 주석이 나를 불렀습니다. 평양으로 불려 가면 무섭습니다. 중요한 처벌을 평양에서 내리기 때문입니다. 그날의 만남은 내게 새하얀 공백으로 남아 있습니다. 김일성 주석을 만나기는 만났으나 기억이 나지 않습니다. 김일성 주석은 나를 찬찬히 관찰하고 내심 딸이 남편감을 잘 골랐다고 생각했다 합니다. 딸의 고집에 이미 졌기 때문에 나를 좋게 보아야만 했겠지요. 꼭 그런 것만은 아닙니다. 내 자랑 같지만 내가 머리도 잘 돌아가고 일머리도 있으며 통솔력도 갖춘 편입니다. 유능한 데다 동료들에게도 인기가 높았지요.

김경희의 오빠 김정일 장군도 만났습니다. 김일성 주석의 후계자가 될 수도 있는 사람이었지요. 어쩌면 내게 처남이 될지도 모를 사람입니다. 그날의 첫 만남도 내게 공백으로 남아 있습니다. 두 사람과의 첫 만남 기억은 새하얗게 말라 텅 비어 있습니다. 운명이 그날을 기억하기 싫은 모양입니다.

지금은 2013년 여름입니다. 김경희와 연애를 한 1960년대 후반부터 반세기 가까운 세월이 흘렀습니다. 나는 당 행정부장, 국방위원회 부위원장, 당 정치국 위원의 지위에 올랐습니다. 국가안전보위부와 인민보안부, 최고검찰소, 호위사령부를 관할하고 있습니다. 2인자의 자리입니다.

하지만 나는 행복하지 않습니다. 내가 탄 공화국 배가 가라앉고 있기 때문입니다. 백두혈통 수령의 깃발을 꽂은 배가 바다를 지나고 있습니다. 배는 곳곳에 물이 스며들고 돛대는 금이 가고 삼각돛은 찢어져 있습니다. 선원들이 먹을 식수도 식량도 부족합니다. 여기를 막으면 저기가 뚫리고 저기를 해결하면 여기서 문제가 터집니다. 김정은 동지의 깃발은 70일 전투로, 경제와 핵의 병진노선으로, 자력갱생으로 파도를 헤쳐 나가겠다며 펄럭이고 있습니다. 혁명을 향한 열정만으로 지탱하는 나라는 없습니다. 열정은 식고 부서지며 녹슬어갑니다. 굶주리고 헐벗으면 열정은 살아나지 않습니다. 그러나 어떻든 이 배를 항구까지 끌고 가야 합니다. 키를 항구로 돌려야 합니다. 항구에서 배를 수리하고 건사해서 다음 항해를 준비해야 합니다. 그러나 김정은 동지는 꿋꿋이 바다를 건너겠다고 작심하고 있습니다. 나는 급한 마음에 배에 스며드는 물을 바가지로 퍼내 보기도 했습니다. 배의 이물에서 항해사를 설득해보기도 했지요. 이대로 배가 바다를 지나간들 무슨 의미가 있겠느냐? 무슨 승리라고 할 게 있을까? 종파주의로 몰릴 위험한 말이었습니다.

그러나 지금의 나는 모든 걸 내려놓았습니다. 김정은 동지가 후계자로 승계한 1년은 희망을 가졌습니다. 내가 가진 원대한 계획대로, 나라의 안팎을 연결해서 배를 항구로 끌어

보자. 나는 어리석게도 2인자의 주제를 넘어서고 있었던 겁니다. 수령의 신성한 정치에서 2인자는 졸병 신세와 다름없음을 나는 깜박 잊었던 것입니다.

그런 날이면 강미선과 원산에서 보낸 연애시절이 떠오릅니다. 그날의 첫 키스를 어떻게 잊을 수 있을까요? 파도에 녹은 달빛이 나를 감싼 그 밤을 말입니다. 그날은 모두가 신비로웠습니다. 훗날 나는 강미선을 다시 만났습니다. 내가 당 조직지도부 제1부부장에 있을 때였습니다. 강미선은 원산의 하급당원이고 남편은 기업의 하급간부였습니다. 강미선과 헤어진 후 이십몇 년의 세월이 흘렀습니다. 강미선은 나를 이미 알고 있었으나 나는 그녀를 알지 못했습니다. 그해 강미선은 노력당원으로 선정되어 상을 받았지요. 나는 수상자들과 악수를 나눴습니다. 강미선은 내게 고개를 숙이고 순서에 따라 지나갔습니다. 그때서야 나는 강미선을 알아챘습니다. 예전 붉었던 그 입술은 색이 많이 바랬더군요. 그 입술의 아름다움을 저버리고 나는 무엇을 향해 달렸던 것일까요. 노동당원에게 당의 조직과 인사를 책임진 조직지도부의 1부부장은 하늘 같은 자리입니다. 나는 수상자 축하 파티에서 강미선을 불렀습니다. 강미선의 어깨를 두드리며 격려하자 그녀는 몸을 떨었습니다. 내게 그녀의 떨림이 전해졌습니다. 김경희가 아직도 두려운 것일까요. 설령 김경희가 잠깐의 우리

옛 만남을 알아도 아무런 문제가 없지요. 김경희는 그렇게 속이 좁은 여자가 아닌데 말입니다. 원산의 당비서에게 강미선과 그녀 남편을 잘 챙겨달라고 부탁했습니다. 그것이 내가 운명의 길목에서 엇갈린 여자에게 할 수 있는 최선의 도움이었습니다. 내가 과하게 챙긴다면 그것 또한 화를 부를지 모를 일입니다.

나와 김경희는 좋은 부부였냐고요? 운명의 갈림길을 많이 지나쳐온 마당에 그게 무슨 소용이겠습니까? 굳이 대답하자면 우리는 좋은 부부였지요. 사랑이란 말이 값싸게 들리지 않는다면 서로 사랑하는 사이이기도 했지요. 김경희가 나를 선택한 사랑은 어떻든 결실을 맺었지만 내 딸 금송의 사랑은 그렇지 않았습니다. 나와 김경희의 사랑은 역설적으로 죽음의 비극을 통해 단단하게 묶였습니다. 그렇습니다. 딸 금송이 죽었습니다. 나와 김경희의 유일한 아이이며, 백두혈통을 이을 자손이었지요. 2006년 8월이었습니다. 금송은 술을 마시고 수면제를 많이 먹었지요. 더위에 모든 게 녹아내리는 무시무시한 계절이었습니다. 파리에서 유학 생활을 하던 금송이 프랑스 청년을 사랑하게 되었지요. 나도 김경희도 그 사랑을 말렸습니다. 사랑까지는 모르겠으나 금송은 그 청년과 결혼하기로 맘먹고 있었습니다. 결혼은 더더욱 안 될 말입니다. 백두혈통의 외손녀가 프랑스 청년과 결혼한다? 있

140

을 수 없었습니다. 금송은 자유분방한 파리 생활과 고국 공화국의 동떨어진 현실에 괴로워하고 있었습니다. 공화국은 고립된 섬처럼 보였겠지요. 그 섬으로 돌아가서, 혈통 좋고 장래 유망한 청년을 만나서 사는 삶이 너무나 답답하게 보였던 것입니다. 강철 감옥으로 스스로 들어가는 느낌이었을 겁니다. 그 괴로움이 엉뚱한 사랑으로 폭발해서 나타난 것입니다. 그 괴로움이 금송을 죽음으로 몰아간 것입니다.

금송이 죽자 나와 김경희는 동시에 인생을 되돌아보았습니다. 모든 게 헛되고 헛되었습니다. 백두혈통도, 권력도, 호화로운 생활도 금송의 죽음을 막지 못했습니다. 아니 오히려 그것들이 딸을 죽음으로 몰아간 올가미가 되고 말았습니다. 나는 그때 마음을 비웠지요. 내 인생의 앞날도 비웠습니다. 백두혈통의 지류로 편입된 내 운명이 나를 어디로 품고 갈지에 대해서도 비웠습니다.

내가 마음을 비우면서 김정일 장군과의 관계는 더욱 깊어졌습니다. 남조선에서는 공화국에 급변이 생기면 내가 후계자로 나서 공화국을 개혁 개방의 길로 이끌 것이라는 보도가 많았습니다. 엉터리에 헛소리였습니다. 김정일 장군은 내가 마음을 비운 깃을 알고서 더 나를 신임하게 되었습니다. 권력의 정상에 선 사람은 놀랄 정도로 권력에 관한 후각이 발달합니다. 금송이 죽기 전까지 김정일 장군은 나를 99퍼센트 신뢰했습니다. 그러나 남은 1퍼센트는 어떤 돌풍이 부느냐에 따라 순식간에 99퍼센트를 뒤엎고 맙니다. 수령의 정치, 황제의 정치는 그런 것입니다.

김정일 장군은 허심탄회하게 내게 마음을 털어놓기도 했습니다. 나와 격의 없이 마주 앉아 술잔을 기울이기도 했지요. 김정일 장군과 김대중 대통령이 정상회담을 할 때, 남조선 인사들은 내가 김정일 장군에게 자연스럽게 말하고 가까이서 보좌하는 모습을 보고 놀랐다고들 말했습니다. 아, 정말 2인자로구나. 실세가 맞구나. 정말 권력을 모르는 사람들입니다. 선거로 대통령을 갈아치우는 나라가 돼서 남조선 인사들은 수령의 정치가 어떤지 감을 못 잡는 것이지요. 2004년에도 김정일 장군은 나를 쫓아냈습니다. 내 측근이 호화 결혼식을 벌였다는 이유였지요. 나는 평양을 떠나서 농촌에서 근신해야만 했습니다. 공화국에서 평양을 떠난다는 것은 곧 죽음입니다. 2인자든 3인자든 수령을 위협하는 세력을 꾀하면 바로 숙청 아니면 죽음입니다. 그걸 내가 왜 모르겠습니까?

딸 금송이 죽은 후 2년이 지난 2008년 여름이었습니다. 김정일 장군이 뇌출혈로 쓰러지는 변고가 터졌습니다. 나는 공화국을 지킬 긴급하고 중요한 결정을 내렸습니다. 비상상태에 대비한 위기관리팀을 가동했고 당과 군의 핵심들이 동요하지 않도록 노력했습니다. 무엇보다 김정일 장군의 건강 회복이 중요했습니다. 단호하게 외국 의료진을 초빙했지요. 이럴 때는 주체니 자주성이니 하는 말의 성찬은 독입니다. 공화국의 의료 수준은 선진국에 비해 많이 떨어지지요. 다른 분야에서도 마찬가지입니다. 절체절명의 순간에는 현실을 똑바로 봐야 합니다. 내가 모든 것을 책임지겠다고 나섰지요. 비상한 시기에는 비상하게 대응해야만 합니다. 더욱이 후계자 문제가 정리되지 않았습니다. 수령이 영도하는 유일 지도 체계에서 후계자 없이 수령이 죽는다는 것은 악몽입니다. 공화국의 뼈대가 흔들립니다. 공화국의 상층부는 단단한 것 같지만 의외로 허약합니다. 그걸 아는 나로서는 김정일 장군의 소생이 무엇보다 중요했습니다.

다행스럽게도 김정일 장군은 회복했습니다. 장군의 판단력이 돌아왔습니다. 공화국의 심장이 다시 뛰기 시작한 것입니다. 병상에 누운 장군이 내게 말했습니다.

"그동안 어떻게 했는지 말해보라우."

비상관리체제를 꾸리고 돌아간 사정을 말씀드렸습니다. 의료진의 선정과 수술 경과도 말씀드렸지요. 장군은 짧게 말했습니다.

"고생 많았수다."

나는 고개를 깊이 숙였습니다. 그 한마디 말로 내 삶은 충분한 것입니다. 할 만큼 한 것입니다. 누가 알든 모르든 나는 쓰러지는 공화국을 일으켜 세운 것입니다.

얼마 후 김정일 장군이 집무실로 나를 불렀습니다. 아직도 회복 중인 장군은 누워 있었습니다. 장군의 침대로 모인 8인을 보고 나는 놀랐습니다. 김영남, 최영림, 리영호, 최룡해, 김영춘, 박봉주, 황병서, 리수용. 당과 군과 정의 핵심이 모였습니다. 뭔가 심상찮은 일이 벌어질 것 같았습니다.

김정일 장군은 한참을 침묵하다 물었습니다.

"후계자는 누가 좋갔수?"

모두 조용했습니다. 나는 김정일 장군이 9인의 집단지도 체제를 마음에 둔 것이 아닐까 생각했습니다. 그리고 혹시 그 집단지도의 수장으로⋯⋯. 나는 속으로 놀랐습니다. 털끝 하나에도, 거스러미에도 머물러선 안 될 생각이었습니다. 그런 생각을 떠올린 것 자체만으로도 나는 공포에 질렸습니다. 나는 그날 떠올린 생각을 회상만 해도 진저리를 칩니다. 내 머릿속 깊숙한 갈피에 어찌 그런 무시무시한 생각이 잠들어 있었을까요. 김정일 장군은 그런 나의 생각을 꿰뚫었는지 내게 물었습니다.

"장성택 동지가 말해보라우."

나는 허리를 깊숙이 숙이고 침묵했습니다. 누구도 입을 열지 않았습니다.

수령 유일 체계에서 누구도 후계자의 이름을 거론하기 어렵습니다. 후계자의 이름은 김정일 장군의 입에서 먼저 나와야만 합니다. 우리는 모두 누가 정해질지 알고 있었지만 침묵을 지켰습니다. 무시무시한 침묵이었지요. 당시로서는 그 침묵을 견뎌내는 것이 목숨을 건 치열한 전투나 다름없었습니다. 이윽고 김정일 장군이 후계자를 지명하면서 모두가 정리되었습니다. 모두 안심했습니다. 공화국을 지키는 태양이 사라져도 새로운 태양이 떠오르게 된 것입니다.

그러나 그게 과연 내 진실일까요? 일단 무사히 또 하나의 험준한 산을 넘었다는 안도감은 얻었지만 나는 내 자신도 미처 깨닫지 못한 깊은 절망감과 앞이 보이지 않는 거대한 벽을 마주한 듯한 기이한 무력감에 시달렸습니다. 이상한 허탈이었습니다. 당연히 예견한 결과인데도 그 결과를 눈앞에 받고 보니 그 느낌은 전혀 예상하지 못한 것이었습니다, 나는 자신이 너무나 구차하고 비루해서 견딜 수 없었습니다. 아, 인간은 얼마나 간사한 것인가요? 인간은 절대 자기 자신을 알지 못합니다.

나는 김정일 장군과 후계자 김정은 동지가 함께한 현지지도를 자주 수행했습니다. 그런 날의 아침이면 나는 거울 앞에 서서 얼마나 혹독하게 자신에게 다짐했던가요. 일분일초도 경계를 늦추지 말고 자신을 단속하자. 자칫하면 모든 것이 끝장이다. 아마 나뿐만 아니라 그날 수행이 결정된 다른 동지들도 똑같이 그런 결심을 굳힌 뒤 나오고 있었을 겁니다.

김정일 장군의 나에 대한 믿음은 날로 더 커지는 것 같았습니다. 김정일 장군은 자신이 죽음의 고비를 넘기는 몇 달 동안 나의 처신을 높이 평가하고 있었습니다. 하지만 나는 알고 있었습니다. 새로 올 최고영도자와 같이하기는 어렵다는 것을. 나에 대한 김정일 장군의 신임이 커질수록 다음 후계자와는 나빠질 수밖에 없습니다. 모든 아들은 아버지를 극복하려 합니다. 모든 후계자는 선임자의 뜻대로 움직이려 하지 않습니다. 아니 모든 후계자는 선임자를 넘어서려고 하는 법입니다. 새로운 태양이 뜨면 그 태양이 하늘의 주인인 것입니다. 그 태양 아래에 새 하늘과 새 땅이 존재하는 것이지요.

최고영도자 김정은이 등극한 1년이 지나서 나는 김정은 동지에게 사직하고 싶다는 뜻을 전했습니다. 몸이 좋지 않다고 말했습니다. 2012년 겨울이었지요. 남조선의 언론에서 내가 2인자니, 내가 중국식 개혁 개방을 주도한다느니 따위의 뉴스로 채우고 있을 때입니다. 내가 얼마 전 대규모 대표단을 이끌고 중국을 방문해서 후진타오 주석을 비롯한 중국의 최고위급 인물을 만났기 때문이기도 하겠지요. 중국과 황금평과 나선경제지구 개발을 협력하는 방문이었습니다. 겉

146

은 번지르르했지만 방문 성과는 실속 없었습니다. 중국은 김정은 정권이 어디로 향할지 유심히 지켜보고 있었습니다. 실질적인 지원을 쉽사리 내놓지 않았지요. 공화국을 전폭적으로 지원한다는 말만 이어졌을 뿐입니다. 남조선의 언론은 왜 그리 경박한 것일까요? 또 어찌 그리 무식할까요? 공화국에 대한 남조선 언론의 뻔뻔한 거짓말에 어이가 없을 때가 한두 번이 아닙니다. 김정일 장군이 상하이를 방문해 늘어선 마천루를 가리키며 천지가 개벽했다고 말하면 남조선 언론은 공화국이 곧 중국식 개혁 개방으로 나설 것처럼 보도합니다. 김정일 장군이 중국을 방문했는데 중국 경제에 문제가 많다고 말해야 합니까? 김정일 장군은 중국을 가장 경계해야 할 나라라고 말해왔습니다. 우리 역사에서 우리에게 가장 고통을 많이 준 나라가 중국이라고. 김정일 장군은 결코 중국식 개혁 개방을 하지 않습니다. 지금 번창한 중국 꼴을 보십시오. 미국보다 더한 불평등이 지배하지 않습니까? 그 불평등이 언제 어떤 방식으로든 터지지 않겠습니까?

나는 변화한 자본주의를 남조선에서도 잘 보았지요. 2002년 10월에 북한경제시찰단의 단원으로 남조선을 방문했지요. 나는 중소기업을 많이 다니고 싶었습니다. 그게 우리 공화국 경제 실정에 도움이 되는 기업이었지요. 하지만 남조선은 우리 시찰단을 삼성전자와 현대중공업, 현대자동차와 포항제철소 같은 대기업으로 끌고 다녔습니다. 롯데제과와 현대백화점도 보여주더군요. 그들 얼굴에는 봐라, 너희 북조선은 무슨 수를 써도 우리를 따라잡지 못한다는, 남조선 체제가 승리했음을 과시하는 기쁨이 가득했습니다. 어리석은 사람들입니다. 우리는 오래전부터 남조선 경제의 발전상을 잘 알고 있습니다. 우리가 그렇게 세상 소식에 귀를 틀어막고 사는 바보가 아닙니다. 다만 우리는 우리 식대로, 우리 방식대로 살 길을 찾아 나설 따름입니다. 우리 공화국이 살아온 과거를 바꿀 수도 없고, 우리가 택한 경로를 지울 수도 없습니다. 동쪽으로 이미 많이 왔는데 다시 거꾸로 서쪽으로 돌아갈 수는 없는 것 아닙니까?

김정은 동지는 내 사직을 허락하지 않았습니다. '몸이 좋지 않은 줄 안다, 그래도 일심단결로 공화국과 조선혁명을 위해 달려보자'라는 말이었습니다. 교묘한 말입니다. 백두혈통의 직계로, 김정일 장군에게 직접 후계자 수업을 받은 지도자의 행동다웠습니다. 나는 공화국의 제2인자인지도 모릅니다. 그러나 당과 행정부와 인민보위부와 군에서 내게 전해지는 정보는 모두 심상찮았습니다. 그동안 2인자로 일컬어지는 내게는 적이 많이 생겼습니다. 당, 정, 군 모두에 적들이 강력하게 포진해 있지요. 권력은 반드시 적을 만들어냅니다. 김정일 장군이 계실 때는 적들이 감히 내게 반기를 들지 못했습니다. 그러나 지금 그들의 창끝은 맹렬하게 나를 향하고 있습니다. 김정은 동지도 자신의 왕국을 건설하기 위해서는 누군가 희생양이 필요합니다. 피라미는 소용없지요. 거물급을 제사에 올려야 합니다. 남조선과 중국과 국제 사회와 무엇보다 공화국 인민들이 놀랄 희생양 말입니다. 신성해지기 위해서는 세속의 귀한 제물이 필요하지요. 이 모든 것을 너무나 잘 알기 때문에 나는 매일매일 나를 지키기 위해 전쟁과 같은 나날을 보냈습니다. 그러면 그럴수록 점점 비루해지는 자신의 생명을 키우면서 말이지요.

나는 당 행정부장으로 열심히 노력했습니다. 당 정치국과 비서국에 개혁과 개방을 위해, 현실을 타파할 새로운 인재를 영입했습니다. 공화국이라는 배를 항구로 끌고 가기 위해 키를 돌리려고 했습니다. 김정은 동지에게 직보해서 국가안전보위부의 우동측과 군 총참모장 리영호를 제거했습니다. 이들은 보수 강경파의 거두입니다. 공화국이 이대로는 안 된다는 것을 모두가 알지 않느냐고요? 아니죠. 모두는 아닙니다. 공화국 핵심층은 거꾸로, 이대로 가야 한다고 생각하지요. 내가 열심히 뛰면 뛸수록 종파를 만들고 세도를 부린다는 보고가 김정은 동지에게 올라갔습니다. 내가 노력하지 않으면 반당책동을 일삼고 무능해서 경제를 악화시킨다는 보고가 올라갔을 겁니다. 그때는 간악한 무리들이 권력 투쟁을 벌인다고 생각했지만 모르겠습니다. 내 속에 그런 음모가 자라고 있었는지도 모르지요. 시간을 뒤로 돌려 생각해보면 당시로서는 나도 모르는 어떤 힘에 속수무책 끌려가고 있었으니까요.

김정일 장군이 죽었을 때 나는 순장되어야 했습니다. 다리를 모으고 편안하게 모로 누워서 말입니다. 순장도 내 뜻대로 되지 않지요. 이제 내 길은 외곬입니다. 곧게 뻗은 그 길의 소실점이 어디에서 멈출지 나는 알고 있었습니다. 내가 중국으로 도피하면 되지 않느냐고요? 중국이 나를 환영해줄 것 같습니까? 새로 등극한 야심만만한 청년 실력자와 정면충돌을 빚고 싶겠습니까? 내가 어느 나라든 도피하는 순간 나는 악랄한 반당분자에 종파분자로 낙인 찍힙니다. 나와 측근 몇 사람의 희생으로 끝날 일이 나와 관련된 수천 명의 희생으로 확대될 것입니다. 그 사람들의 피와 뼈는 새로운 젊은 지도자의 기반을 다지는 데 바쳐지겠지요. 나는 어디로든 갈 수 없었습니다. 내가 모든 직을 그만두고 깊은 산골로 내려가면 되지 않느냐고요? 내 사직은 이미 김정은 동지가 허락하지 않았습니다. 당과 군의 핵심 간부가 허락을 받지 않고 마음대로 낙향하는 것은 지도자에 대한 엄청난 도전입니다.

오늘은 2013년 9월의 마지막 날입니다. 오늘 파티가 있었습니다. 당, 정, 군의 간부들이 여럿 모여 회포를 풀었습니다. 독한 술이 돌았지요. 접대원 여성 동무도 여럿 불렀습니다. 남조선에서 생각하는 그런 접대원 동무가 아닙니다. 그 뭐라든가, 그렇죠. 웨이트리스죠. 남조선에선 이모나 언니라고도 부르더군요. 하하. 거 아무리 생각해봐도 이상한 이름 아닙니까? 이모나 언니라니. 70년이나 남북이 나눠져 있으니 쓰는 말도 너무 달라졌어요. 어쨌든 우린 술이 많이 취했습니다. 요즘 내가 공식 행사에 나가지 않으니까 모두들 걱정이 많더군요. 나는 별일 아니라고 말했습니다. 그냥 몸이 좋지 않아서 그랬다고 둘러댔지요. 인민보안부의 간부가 내게 말했습니다.

"1호 동지. 1호 동지가 공식 행사에 자주 나서야 하지요."

정신이 번쩍 들었습니다. 귀 옆에 대고 큰 종소리가 울린 것 같았지요. 내가 당 행정부를 통해 키워준 간부였습니다. 1호 동지라니. 공화국에 1호 동지가 어디 있나요. 1호라는 이름은 영도자 한 사람만 달 수 있는 말입니다. 이놈은 첩자입니다. 적의 편에 넘어간 놈이지요. 나를 시험하고 나에 관한 정보를 국가안전보위부에 낱낱이 알리는 놈이었습니다. 놈은 1호 동지라는 말에 내가 어떻게 반응하나 유심히 지켜보고 있었습니다. 나는 슬쩍 몸을 비켰습니다.

"1호 동지라니. 그런 말을 하면 쓰나. 술이 많이 취했구면."

그 자리에 참석한 다른 동지들은 파티에서 술이 취해 나온 말로 여겼을지 모릅니다. 하지만 나는 확신했습니다. 맹수가 문 앞까지 왔다는 것을. 그리고 곧 맹수가 문을 넘어 공격할 것이라는 것을.

나는 다음 날 김정은 동지를 만났습니다. 집무실에 앉은 김정은 동지는 엄중한 모습이었습니다. 표정은 굳어 있고 눈은 날카롭게 나를 쏘아보고 있었습니다. 나도 김정일 장군의 궁정정치를 겪으며 단련된 사람입니다. 승부는 이미 나 있습니다. 그러나 혹시 승부를 연장하거나 조용히 넘어갈 마지막 한 가닥은 남아 있을지 모릅니다. 나는 핵심을 말했습니다. 고개도 깊숙이 숙였지요.

"지도자 동지. 내가 과오가 많습네다."

김정은 동지는 물끄러미 나를 바라보았습니다. 집무실의 공기는 무거워 질식할 것만 같았지요. 숨이 턱턱 막히는 짙은 밀도였습니다.

김정은 동지가 손을 들어 내게 물러가라는 표시를 했습니다. 그러고는 의자를 뒤로 돌려 밖의 풍경을 바라보았습니다. 바람에 잎이 날려 떨어지고 있었습니다.

나는 돌아서 나왔습니다. 왠지 모르지만 그때 나는 내가 가진 모든 것을 걸고 도박한 느낌이었습니다. 도박의 결과는 모든 것을 잃었지만 차라리 후련한 느낌이었다는 겁니다. 그 것은 거대한 검은 구덩이를 본 느낌이었습니다. 인간은 때로 자신이 가장 두려워하는 그 검은 구덩이에 스스로 걸어 들어 가는 어리석음을 저지릅니다. 자포자기 같은 심정 말이지요. 나는 굴욕적인 내 생명에 스스로 침을 뱉었는지 모릅니다.

2인자로 불린 나의 결말은 곧 밝혀질 것입니다. 나는 두 렵지 않습니다. 김일성 주석과 김정일 장군의 문제는 그들의 정치가 너무 성공해버렸다는 지점에서 출발합니다. 백두혈 통을 제외한 어떤 반대자도 살아남지 못했습니다. 김일성 주 석이 1967년 갑산파를 숙청하면서 오로지 유일 영도 체계만 남았습니다. 그전까지는 노동당에 이런저런 경쟁 집단이 돌 아갔지요. 그들은 비판도 하고 건의도 하고 다른 방향도 제 시했습니다. 그러나 김일성 주석은 독한 제초제를 가득 뿌 려 모든 풀을 다 죽였지요. 오직 거목 하나만 독야청청 남았 습니다. 나는 그 지나치게 성공한 백두혈통의 정치에서 나름 덕을 보고 누릴 혜택은 다 누렸지요. 이제 결산을 해야 할 때 입니다.

내 삶은 김경희가 나를 사랑하면서 결정되고 말았습니다. 나는 뜻하지 않게 백두혈통의 삶으로 먹살을 잡혀 끌려들 어 간 것이지요. 원산에서 만난 강미선이 생각납니다. 그녀는 잘 지낼까요. 아들 둘과 딸 하나가 있다고 들었습니다. 그녀가 행복했으면 좋겠습니다. 원산 명사십리의 해변 솔밭에서 그녀와 나눈 키스는 달콤했습니다. 강미선의 입술과 가슴의 떨림이 지금도 느껴집니다. 어쩌면 나는 그때 인생을 다 살아버린 건지도 모릅니다.

나는 김경희를 원망하는 것일까요. 내가 김경희를 원망할 리가 있겠습니까. 그건 김경희도 나도 어쩌지 못한 운명인 것을요.

내가 제물로 바쳐지면 종파분자와 적대분자가 척결되었다고 공화국에서 환호가 울려 퍼질 것입니다. 그리고 머지않아 노동당 대회가 열릴 것입니다. 김정은 국방위원회 제1위원장의 시대가 선포될 것입니다.

그렇습니다. 비록 비루한 삶을 그때까지 이어왔지만 내게도 한 가닥 꿈은 있었는지 모릅니다. 나는 공화국이라는 파선된 배를 항구로 끌고 가 수리를 하고자 했습니다. 그리고 다시 항해에 나서도록 하고 싶었습니다. 어디로 항해할지는 다음 순서였지요. 나는 결국 배를 항구로 데리고 가지 못했습니다. 끝없는 파도와 바람과 싸우는 항해가 남았을 뿐입니다.

나는 백두혈통의 김경희와 사랑 아닌 사랑과 결혼 아닌 결혼을 했었습니다.

나는 원산의 강미선을 선택하지 못했습니다.

딸 금송은 파리에서 자살했습니다.

나는 김정일 장군의 무덤 아래 순장되어야 했습니다.

내가 운명을 선택한 것이 아닙니다. 운명이 나를 선택했습니다.

나는 장성택입니다.

아오이 츠카사를 위한 자세

연철의 삶은 점점 좁아드는 문이었다.
짙어만 가는 고독이기도 했다.
연철이 말한 고독은 그런 것이었다.
결코 타인과 하나로 된다는 게 불가능한.
그건 고립이기도 했다.

연철이 스튜디오의 의자에 앉는다. 카메라를 똑바로 보면서 어깨를 펴본다. 청바지의 품이 헐렁하고 티셔츠는 구김이 져 있다. 의자에 팔걸이가 없어 불편한지 팔짱을 꼈다가는 손을 무릎 위에 올려놓는다. 땀이 밴 손바닥을 바지에 문지른다.

토크쇼 진행자인 현서가 연철 옆에 앉아서는 몸이 괜찮은지 물어본다. 현서는 가슴이 파이고 몸에 착 달라붙은 주황색 블라우스에 플레어 치마를 입은 화사한 분위기다. 연철이 천장에서 쏟아지는 조명에 머리카락이 타는 것 같다고 투덜거린다. 현서가 곧 익숙해진다고 말한다.

현서는 유튜브 채널의 1인 제작자이다. 그녀가 앉은 스튜디오는 1인 제작자들을 위해 '콘텐츠 미디어 플랫폼'인 해무리회사가 제공한 촬영 장소다. 해무리회사는 1인 제작자들이 제작한 동영상을 유튜브에 방송하고 얻은 광고수입을 제작자와 반반씩 나눈다. 현서는 '집 나간 백설공주'란 이름의 1인 제작자인데 선정적인 프로그램으로 인기가 높다. 금요일 밤에 〈집 나간 백설공주의 토크쇼〉를 생방송 할 때면 동시 접속자 수가 상당하다. 오늘은 토크쇼의 열아홉 번째 방송이다.

현서 : 금요일 밤, 저희 토크쇼를 기다린 시청자 여러분 감사합니다. 오늘 귀한 손님을 모셨습니다. 일본의 AV배우 아오이 츠카사와 섹스를 하고 돌아온 성연철 씨입니다. AV는 Adult Video의 약자로 일본식 포르노를 말하죠. 자, 먼저 아오이 츠카사가 어떤 배우인지 이야기해주시겠어요?

연철 : (목소리가 떨린다) 그분은 첫사랑이자 마지막 사랑이죠. 아오이 츠카사, 이름만 불러도 가슴이 벅차오릅니다. 꿈속에서 제가 허락한 단 한 분이죠.

현서 : 첫사랑! 설레는 말이네요. 그럼 첫사랑인 아오이 츠카사를 소개해주겠어요?

연철 : (말에 두서가 없다) 말했지 않습니까. 천국이 있다면 그녀와 함께하는 자리죠. 태양과 맞먹는 분입니다.

태양이 사라진 암흑의 하늘을 떠올려보세요.

현서 : (몸을 연철 쪽으로 기울이며 달콤한 어조로 말한다) 애정
이 정말 깊군요. 부럽습니다. 베르테르가 사랑한
샤롯데도 그런 애정을 받았을까요. 그럼 아오이
츠카사 자료 화면을 보죠.

아오이 츠카사의 자료 화면이 뜬다. 1990년생이다. 인기
화보 출신으로 2010년 10월에 AV배우로 데뷔했다. 약 60여
편의 작품이 있다. 사진의 아오이 츠카사는 흰 티를 입고 어
깨까지 내려오는 머리에 피부가 하얗다. 갸름한 얼굴에 눈이
반짝거리고 입술이 도톰하다. 청춘 드라마의 여주인공으로
금방 출연해도 좋을 청순한 모습이다. 부천 국제판타스틱영
화제에 게스트로 초청되어 핑크색 드레스를 입고 어깨를 드
러낸 사진이 이어진다. 사진의 그녀는 상큼한 미소를 지으며
관중을 향해 손을 흔들고 있다.

현서 : 어떻게 아오이 츠카사의 초청을 받게 되었나요?
연철 : 아오이 츠카사가 출연한 모든 작품을 제가 구입했
죠. 일본의 소속사에서 작품이 나오면 바로 샀습
니다. 그녀의 작품을 보려고 틈틈이 일본어도 공부
했고요. 석 달 전 그날, 제게 이메일이 도착했습니

다. (목소리에 열기가 오른다) 아오이 츠카사가 세계 무대로 진출하기 위한 작품을 만든다고 했죠. 그 작품의 뒤에 특별판으로 세계에서 초청한 남자들과의 섹스 장면을 넣는다는 겁니다. 난 한국 열성 팬의 자격으로 초청받았어요.

현서 : 대단한 영광이에요.

연철은 고시원에서 일본에서 온 이메일을 받았다. 창문이 없는 방은 바깥의 시간과 공간에서 단절된 붕 떠 있는 곳이었다. 불을 켜서 방이 밝아져도 분리된 느낌은 달라지지 않았다. 복도에서조차 아무 소리도 들리지 않아 무인도에 앉은 착각이 들었다. 직장을 그만두고서 며칠을 고시원 방에서만 지내본 적이 있었다. 잠에서 깨어나면 짙은 어둠뿐이었다. 오전 11시였으나 햇빛과 차단된 방에서 그건 밝음과 관계없는 숫자에 불과했다. 며칠을 침대와 책상만 놓인 방에서만 지내자 연철은 자신이 죽은 것이 아닐까 의심이 들었다. 방에 누워 있는 이 사람은 몸에서 빠져나간 귀신이 아닐까? 그는 자신의 뺨을 꼬집고 귀를 잡아당겼다. 무척 아팠다. 24시간 돌아가는 냉장고의 소음과 그 안에 든 냉기 가득한 음식이 역설적으로 그가 살아 있음을 알려주었다.

연철이 잠에서 깨어나 이메일을 연 시각도 낮인지 밤인지 알기 어려울 때였다. 그는 이메일을 확인하고는 기쁨의 비명을 지르고 몇 번 뛰기도 했다. 그러고는 스스로 놀라 입을 틀어막고 꼼짝도 않고 서 있었다. 옆방에서 괴상한 소리가 들리면 얼마나 짜증을 냈던가? 그는 옆방에서 흐느끼는 소리에 기겁을 하곤 했다. 얇은 판자를 타고 흐르는 신음과 울음소리는 무섭기도 했지만 별별 상상을 불러내곤 했다. 고시원은 2층 건물로 디귿자 모양의 벽을 따라 방들이 따닥따닥 붙어 있고 그 중앙에 두 줄로 창문 없는 방이 나란한 구조였다. 1층에 남녀용으로 분리된 화장실과 샤워장, 그리고 주인이 간단한 아침을 차려주는, 식당이라기보다 식탁 세 개의 휴게실에 가까운 공간이 하나 있었다. 몸이 뚱뚱한 여주인은 밥과 국, 김치와 두 가지 반찬으로 구성된 아침 식단에 관대한 돈을 받았다. 고시원에 사람이 많이 든 것은 싼 방값에다 밥을 가득 퍼주는 아침의 너그러움 때문이기도 했다. 그러나 식당에 가까운 방들은 여주인이 오전 6시부터 준비하는 식사 소음에 시달려야만 했다.

연철은 이메일을 경건한 마음으로 다시 읽었다. 책상에 쌓인 아오이 츠카사의 DVD들이 그를 흐뭇하게 내려다보았다. 그녀의 소속사가 연철을 도쿄로 초대한 것이다.

"아오이 츠카사를 아끼는 귀하에게 기쁜 소식을 전합니다. 그녀가 국제 무대에 진출하는 특별작품이 나옵니다. 특별작품 출시에 맞춰 귀하가 그녀와 함께하는 홍보 영상을 만들 계획입니다. 전 세계에서 엄선된 몇 분에게만 드리는 기회입니다."

　연철은 이메일을 읽고 또 읽었다. 되풀이해서 읽지 않으면 글자가 사라져버릴 것만 같았다. 그는 일본어 해석을 잘못한 것이 아닐까 두려워 단어를 하나하나 사전에서 찾아보았다. 그가 외국어를 그렇게 조심스럽게 다룬 것은 처음이었다. 또 문자가 그에게 강렬한 흥분과 기대를 가져다준 것도 역시 처음이었다. 연철은 이메일의 의미를 완벽하게 이해하는 순간 벌떡 일어나 쿵쿵 뛰며 고함을 질렀다. 온몸이 터져 나가는 것만 같아 벽을 주먹으로 치고는 빙글빙글 춤을 추었다. 욕설이 사방에서 쏟아지고 누군가는 방문을 발로 차기도 했다.

　현서 : 바로 도쿄로 갔어요?
　연철 : 7일 후 도쿄 시부야의 소속사로 갔습니다. 다행스
　　　　럽게 도쿄는 멀지 않으니까요. 제가 다니던 경비업
　　　　체에 5일 휴가를 냈지요. 야간 근무조라서 휴가 얻
　　　　기가 쉽지 않았습니다. 동료에게 근무를 대신 서
　　　　달라고 부탁하며 수고비까지 얹어주었고. 하하. 처
　　　　음에 화를 내던 동료들이 현금을 보자 또 연락을

하라고 하더군요.

현서 : 우정을 나누는 데도 돈이 필요하네요. 전 세계에서
　　　　몇 명의 남자가 왔나요?

연철 : (양손을 쫙 펴고 손가락 하나를 접는다) 모두 9명.

현서 : 백인과 흑인도 있고?

연철 : 그렇죠. 나라로 말하면 호주, 미국, 캐나다, 영국,
　　　　중국, 태국, 나라 이름을 다 외우기가. 그렇군요.
　　　　독일과 프랑스. 그리고 나였지요.

현서 : 자랑스러운 대한민국인입니다. 세계의 남성들과
　　　　당당히 겨룬. 여기서 시청자 분들의 전화를 받겠
　　　　습니다. '집 나간 백설공주' 현서와 통화를 원하는
　　　　분, 바로 전화를 주세요.

　　시청자와 나눈 통화를 소개하기에 앞서 〈집 나간 백설공주의 토크쇼〉가 어떻게 뜨게 되었을까, 궁금한 분이 있을 것이다. 시청자의 뜨거운 관심을 받게 된 건 살인범이 주인공인 다섯 번째 방송 부터였다. 그는 아내를 죽이고 몸을 숨긴 사이에 사귄 동거녀를 죽이려다 실패했다. 살인범은 몸에 맞는 감색 양복에 붉은색 사선이 그어진 넥타이를 매고 나왔다. 도망치는 중에 구한 옷 치고는 유행에 맞아 보였으나 자세히 보면 소매가 닳았고 몇 곳에는 얼룩이 묻었으며 칼라도

구겨졌다. 넥타이는 비틀리고 장식 문양의 실밥이 풀려서 빠지는 바람에 그 부분이 볼품없이 울렸다. 그는 회색 중절모를 쓰고 점잔을 빼면서 앉았다.

카메라가 그의 떨리는 무릎과 손을 몇 번 클로즈업한 다음에 현서가 첫 질문으로 살인을 후회하느냐고 물었다. 남자는 첫 질문을 예상하지 못했는지 아내가 봄 한 계절에만 열두 벌의 옷을 샀으며 학교 동창들과 새벽까지 노는 모임을 지긋지긋하게 계속했다는 말을 앞뒤 맞지 않게 늘어놓았다. 현서가 말을 자르고는 다시 물었다. 방송이 끝나면 자수할 생각이죠? 그렇다고 그는 대답했다. 현서가 뻔뻔하다며 그를 몰아쳤다. 자수할 마당에 변명을 하다니 고인에게 부끄럽지 않나요? 하지만 현서의 방송 목적은 다른 곳에 있었다.

그녀는 남자에게 아내를 목 졸라 죽이는 모습을 재현하도록 압박붕대를 건넸다. 남자는 스튜디오를 내리비추는 강렬한 조명과 현서의 공격적인 질문에 제정신이 아닌 것처럼 보였다. 그는 현서의 주문대로 압박붕대를 그녀 목에 감고 끝을 손에 쥐고서는 두 번을 잡아당겼다. 현서의 턱과 뺨의 근육이 비틀리고 눈동자가 커졌으며 몇 방울의 눈물이 떨어졌다. 크게 벌어진 입이 어떤 비명을 외칠 것 같았으나 아무런 소리가 나오지 않았다. 그녀의 왼손은 목 가까이에서 뻣뻣하게 굳어 있었다. 남자가 한 번 더 세게 붕대를 잡아당기면 방송이 끝장날 것처럼 보였다. 카메라 기사가 현서의 얼굴에 초점을 맞추고는 확대했다가 자신도 놀라서 물러났다. 다시 카메라가 현서의 목과 눈물자국을 클로즈업했다. 현서가 오른손으로 남자를 밀치자 남자가 손의 힘을 늦춰서는 자신의 의자로 물러났다. 두 번을 잡아당겼을 뿐인데 현서의 목에 생긴 시뻘건 자국이 흉하게 부풀어 올랐다.

현서는 기침을 하고는 단호하게 말했다. 목이 졸려 죽는다는 게 이런 거였군요. 이렇게 죽이고도 사과를 하지 않다니……. 당장 고인과 유족에게 사과하세요. 남자는 어리둥절한 표정이었다. 현서가 방송에 출연시키면서 다짐한 약속과 다르거나 미리 정한 질문과 맞지 않는다는 당혹스런 얼굴로 주변을 둘러보았다. 그러나 그를 도와줄 아무도 없었다. 현서가 제작자이면서 연출가였고 사회자였다. 현서가 심판관의 엄중한 목소리로 '지금 사과를 해야만 합니다'라고 말하자 남자가 죄송하다는 말을 우물대었다. 그는 현서를 쳐다보고 그녀의 엄중한 눈초리에 죗값을 치르겠다고 말하고는 갑자기 울음을 터뜨렸다.

현서가 흐느끼는 남자의 어깨에 손을 얹는 순간에 방송실 문을 박차고 들어온 형사들이 남자를 덮쳤다. 대단한 볼거리였다. 형사가 체포영장을 카메라 앞에서 흔드는 사이에 형사 둘이 남자의 팔을 뒤로 꺾었다. 자신의 비극적인 자수가 실패로 돌아가서인지 남자가 길길이 날뛰었다. 남자를 덮쳤던 형사 한 사람이 '자수한다니까'라고 외치는 남자의 주먹을 맞고 떨어지면서 남자의 한 손에 채워진 수갑이 허공에 덜렁거렸다. 소동 중에 현서가 넘어지면서 붉은 스커트 아래에 감춰진 검정 레이스 팬티의 자락이 노출되었다. 카메라 두 대가 형사와 살인범이 벌이는 격투와 욕설과 신음을 그대로 방송했고 형사 하나가 현서를 향해 '쓰레기'라며 침을 뱉는 모습까지 화면을 탔다. 현서가 형사를 밀치고는 끌려 나가는 남자의 얼굴에 마이크를 대고 뭔가를 물었으나 욕설과 외마디 비명이 돌아왔다. 1인 방송 사상 최대의 이슈를 몰고 왔으며 생방송뿐만 아니라 다시보기까지 조회수가 엄청났다. 신문과 지상파 방송은 1인 제작 방송을 규제해야 한다는 목소리를 높였다. 어쨌든 그 방송 이후로 그녀의 방송에 출연할 사람은 넘쳐나서 현서는 게스트를 골라서 뽑는 연출가의 기쁨을 맘껏 누렸다.

현서 : 자, 시청자의 전화를 받아보죠. 어디 사는 분인지 말씀해주겠어요? 시흥에 사는 표원돌 씨. 감사합니다. 말씀하세요.
표원돌 : 아오이 츠카사를 좋아하지 않아요. 예쁘고 청순하지만 절정에 오를 때의 표정이 치열하지 않지요.

출연자에게 우에하라 아이의 작품을 권하고 싶네요. 온몸을 바쳐 몰입하는 연기가 탁월합니다.

현서 : 아오이 츠카사가 AV배우로서 격이 떨어진다는 말씀인가요?

표원돌 : 너무 청순미에만 기대지 않나 하는 우려죠.

현서 : 심미안이 높군요. 남자 시청자의 전화를 또 받겠습니다. 네, 말씀하세요.

남자 시청자 : 아오이 츠카사는 신음 소리가 별로죠. 엉덩이야 잘 빠졌지만. 후지와라 사토미의 교성을 들어보기를 권해요. 그녀가 최고죠.

현서 : 일본 AV팬들이 많네요. 일본의 여배우들에게 알려주고 싶어요. 이번에는 여자 시청자의 전화를 받겠습니다.

여자 시청자 : 일본까지 가서 동정을 바치다니. 답답해요. 서른일곱이 되도록 한국에서 여자를 안지 못했다니 가슴이 아파요. 어떻게 그럴 수가. 우리 여자들의 수치예요. 제가 기회를 드릴 생각도 있어요.

현서 : 기회라면, 직접 몸으로?

여자 시청자 : 그럼요. 현서가 주선해줄래요?

현서 : 아, 네. 폰 번호를 남겨주실래요. 감사합니다.

현서 : (연철에게) 다른 AV배우가 절정에서 더 뛰어나다는

의견은 어떻게 생각해요.

연철 : 다른 사람의 취향은 관심 없어요. 제게는 아오이 츠카사뿐이니까요. 하지만 절정이라니, 어디에서의 절정 말입니까. 그녀는 항상 절정에 서 있죠. 미소 한 번과 악수 한 번에도 절정이 숨어 있어요.

현서 : (감탄한 얼굴이다) 아오이 츠카사와의 경험이 첫 경험이었다면서요.

연철 : 그녀의 매니저가 여자 경험이 많은지 물어서 숫총각이라고 말했죠.

현서 : (잠시 침묵한다) 숫총각이라는 뉘앙스가 참. 그래서 아오이 츠카사의 홍보 동영상에 그 말이 올라간 것이군요. 당신이 사랑한 그녀도 알았나요?

연철 : 아오이 츠카사와 악수를 나눌 때 그녀가 제게 말했죠. "제가 첫 상대라니 기뻐요."라고

현서 : 사랑한 그녀에게 첫 경험을 주다니 짜릿하네요. 그래도 추궁을 해야겠죠. 아직까지 왜 한국의 여자와 잠자리를 못했나요?

연철 : 글쎄요. 나한테 문제가 있는 건지, 한국 여자에게 문제가 있었던 건지. 어쩌다 보니 그렇게 됐군요.

현서 : 좋아요. 그렇다면 여기서 질문의 방향을 바꿔볼게요. 어때요?

연철 : 예. 얼마든지……. 이제 와서 무슨 말인들 못 하겠
　　　어요.

현서 : 그렇게 열렬하게 포르노에 빠진 이유가 뭐죠?

연철 : 뭐라고요? 현서 씨가 어찌 그런 질문을? 비슷한 처
　　　지 아닌가요.

현서 : 제가 선정적인 방송을 하는 이유는 간단해요. 돈
　　　이 필요해서죠. 그리고 성장 가능성이 크고 유망한
　　　사업이잖아요. 더구나 오늘날과 같은 복합매체 시
　　　대에는. 그렇지만 연철 씨 경우는 우리가 모르는,
　　　남들에게 쉽게 털어놓지 못하는 이유가 있을 것
　　　같은데요. 그게 궁금하다는 거죠.

연철 : 현서 씨는 역시 프로군요. 그 질문에 간단하게 대
　　　답할까요? 복잡하게 대답할까요?

현서 : 두 가지 다요.

연철 : 그럼 물어보세요

현서 : 먼저 간단하게 대답한다면서요?

연철 : 고독 때문이죠.

현서 : 고독이요?

연철 : 현대는 고독의 시대고, 그 고독을 가장 경제적으로
　　　해결할 수 있는 방법이 포르노죠.

현서 : 그건 평범해요. 고독 때문에 포르노에 빠져드는 걸

모르는 사람이 어디 있어요?

평범한 대답이었다. 그러나 그 고독을 개별화하면 결코 평범한 게 아니었다. 연철은 좋은 환경에서 자랐다. 아버지가 은행 지점장이었고 어머니는 온화하고 자상했다. 평화로운 집의 풍경은 껍데기에 불과했다. 아버지의 근무 환경은 가혹했다. 은행은 영업실적에 따라 지점을 1급에서 4급까지 나눴고 아버지는 실적에 쫓겼다. 격무와 영업에 시달리는 아버지가 심근경색으로 급사하면서 집은 빠르게 몰락했다. 1990년대 후반부터 2000년대 초반, 모두를 늪으로 몰고 간 경제 위기와 함께였다. 부드럽고 다정한 어머니는 세상 물정에 물렀고 경제적 문제에 실수를 거듭했다. 연철의 누나는 학교 성적이 좋았으나 취직이 급하다는 이유로 꿈을 접고 간호학과로 진학했다. 어머니는 가게를 열었다가 실패를 하면서 거친 세상에 더 주눅이 들었다. 어머니는 자신의 몸 하나 추스르기에 바빠 자녀를 간수하지 못했다. 나무랄 데 없는 가족처럼 보였으나 소통과 대화가 끊긴 사막이었다. 따져보면 사막화는 아버지가 계실 때부터 많이 진척되어 있었다. 저마다 착실히 자신의 할 일을 하는 것처럼 보였지만 사실은 유리로 된 감옥에 살고 있는 거나 마찬가지였다. 아버지의 죽음으로 감춰진 크레바스가 드러난 것이었다. 연철은 생존을 위해서 뭐든지 해내야 하는 바깥 세상에 심한 공포를 느꼈다. 죽을 때가 되어서야 그 공포가 사라질 것 같았다. 연애도 어느 정도 진행되면 그다음 단계가 너무 명확하게 보여 포기하고 말았다. 연철의 삶은 점점 좁아드는 문이었다. 짙어만 가는 고독이기도 했다. 연철이 말한 고독은 그런 것이었다. 결코 타인과 하나로 된다는 게 불가능한. 그건 고립이기도 했다. 연철에게 이번 방송도 극단의 고독 끝에 터진 틈 같은 것이었다. 외로움이 끝까지 가면 두려울 것이 없기도 했다. 수벌의 마지막 비상 같은. 여왕벌을 따른 비행 끝에는 종말이 기다리고 있을지도 모른다.

　현서 : 좋아요. 그럼 복잡한 대답은요?
　연철 : 그건 비유법으로 설명할게요. 내가 아는 어떤 여자
　　　　　애기로요.

　현서의 물음에 연철은 고시원의 여자가 생각났다. 고시원의 여자는 샤워를 하면서 울었다. 머리를 감으면서도 자주 울었다. 그녀의 흐느끼는 울음은 샤워기에서 물을 끈 후에도 이어졌고 옆 칸에서 씻는 여자들을 놀라게 했다. 여자는 어떤 순간에 자기도 모르는 울음을 터뜨렸다. 고시원의 여주인은 여자의 우는 버릇이 골칫거리였다. 연철은 어느 날 밤 흐

느끼는 소리에 잠에서 깼다. 어렴풋한 소리는 사라졌다가 잊을 만하면 다시 날카롭게 들렸다. 그는 소리에 잠이 깨어 마침내 벌떡 일어났다. 옷 속에 깊게 들어온 벌레처럼 소리가 그의 신경을 건드려 잠에 들 수가 없었다. 얇은 벽을 통해 들려오는 소리는 방향이 분명하지 않아 그는 이명인가도 싶었다. 오른쪽 벽에 귀를 대고 왼쪽 벽에도 귀를 대보았다. 소리는 왼쪽 벽을 타고 들어오고 있었다. 그가 그렇게 확신을 한 순간에 소리는 뚝 끊어졌다. 그래도 연철의 머릿속 잔상이 남아서 밤새 뒤척거리며 소리를 몰아내려고 애를 써야만 했다. 울음소리가 잊힐 만하면 다시 들려와 주인 아주머니에게 따지자, 샤워실에서 자주 우는 그녀임을 알려주었다.

깊은 밤에 연철은 복도에서 그녀와 부딪힌 적이 있었다. 숱이 많은 긴 머리를 내려뜨리고 몸이 마른, 연철 또래의 나이로 짐작되는 여자였다. 그녀는 습관인지 고개를 숙인 채 걷곤 했는데 그 모습이 유령을 닮아서 연철은 흠칫 놀라곤 했다. 그녀에게는 복도의 흐릿한 조명을 안은, 검은 옷을 입은 연철이 유령처럼 보였는지도 모른다. 그녀가 연철의 방 옆에서 오른손으로 머리를 뒤로 넘기는 바람에 유령이기에는 지나치게 허약한 모습이 드러났다. 걱정이 배서 이제는 제대로 펴질까 싶은 얼굴이 지쳐 보였다. 여자가 조용히 말했다.

174

밤에 폐를 끼치지는 않는지…….

폐라니. 별말씀을. 있는지 없는지도 모르고 지냅니다.

여자는 옅은 웃음을 띠고는 살그머니 자신의 방으로 들어갔다. 여름밤에 그 여자와 같이 옥상에서 잉어 모양의 아이스크림을 나눠 먹은 적이 있었다. 여자는 물고기의 허리를 분질러 물고기는 머리 쪽이 맛있다면서 연철에게 건넸다.

옥상에는 빨래를 너는 시설과 담배를 피우는 장소가 마련되어 있었다. 빨랫대는 남자용과 여자용이 동쪽과 서쪽의 끝에 떨어져서 어떤 경계를 짓고 있었다. 누군지 알지도 못하는 여자들의 팬티와 브래지어와 스타킹이 빨래집게에 꼭 집힌 채로 바람에 초라하게 몸을 흔들대고 있었다. 대체로 낡고 빛이 바래서 욕정을 시들게 만드는 옷감들이었다. 주말의 볕이 좋은 날에는 해가 뜨자 빨랫대가 꽉 찼고 볼품없이 마련한 세 줄의 빨랫줄까지 다 채웠다. 사람의 몸과 컴컴한 비키니 옷장에서 벗어나 해와 바람을 받는 빨랫감들은 즐거워 보였다. 주인 아주머니는 언덕길에 서 있어 해를 잘 받는 옥상을 자랑스러워했다.

연철은 말 없이 아이스크림 잉어를 손에 받아 들고 한입 베어 물었다. 하얀 아이스크림이 입에서 녹았다. 미세먼지를 안은 도시의 불빛은 희뿌옇게 전망을 가렸다. 여자는 뿌연 날씨와 하나를 사면 하나를 더 주는 아이스크림을 이야기했다. 그러고는 구두 뒷굽 이야기를 했다.

지하철 계단에서 갑자기 구두 뒷굽이 똑 부러진 거예요. 저런, 괜찮았어요? 마지막 계단 하나를 남겨두고서 넘어질 뻔했어요. 몸이 앞으로 획 쏠렸는데. 다른 발을 잽싸게 내딛는 바람에 운이 좋았어요. 여자는 자기를 지켜준 왼발을 자랑스럽게 내밀어 보였다. 연철은 못생긴 그녀의 발을 물끄러미 바라보았다.

며칠 후에 그가 사는 방을 누군가 똑똑 두드렸다. 12시 반을 넘은 시간에 방의 불은 꺼져 있었다. 연철은 이어폰을 꽂고 보던 아오이 츠카사의 영상에서 고개를 들었다. 항공기 승무원으로 분장한 아오이 츠카사는 스타킹을 벗기는 남자에게 몸을 맡기고 있었다. 남자가 엉덩이 쪽의 스타킹을 찢자 그녀의 신음이 높아졌다. 문에서 다시 똑똑 소리가 들렸다. 가냘픈 소리는 간절하게 응답을 원하는 것 같기도 했고 무심하게 들리기도 했다. 연철은 어떻게 할까 망설이면서 앉아 있었다. 똑똑 소리가 사라져버렸다.

한 번은 방에 쪽지가 들어왔다. 쪽지의 겉에는 '옆방에서'라고 쓰여 있었다. 연철은 쪽지를 책상에 올리고는 불편하게 바라보았다. 그는 쪽지를 아오이 츠카사의 DVD 옆에 놓았다가 휴지 뒤로 밀쳐버렸다. 연철에게 고시원의 긴 머리 여자는 여자이되 여자가 아닌 유령으로 느껴졌다. 긴 머리 여자 그녀만이 아니었다. 그와 부딪치는 여자들 모두가 그랬다. 왜 그랬을까? 어쨌든 연철은 살아 있는 여자들이 두려웠다. 여자의 울음만이 아니라 웃음도 두려웠다.

서른일곱 살이 될 때까지 그와 이어질 뻔했던 여자들은 그를 만나면 먹고 마시며 뭔가를 바랐다. 연철은 그 바람이 부담스럽고 버거웠다. 모니터에서 모습을 드러내는 아오이 츠카사는 따뜻하게 피가 돌았고 항상 그를 향해 미소를 지었다. 고립된 그가 불편해할 요구는 한 번도 꺼내지 않았다.

현서 : 한국 여자들이 유령처럼 보인다니 슬퍼요. 그래도
　　　매력적인 여자가 유혹을 하면 꿋꿋하진 않겠죠?
　　　(현서가 질문을 던지고 블라우스의 단추를 하나씩 푼다.
　　　그녀는 웃음을 띠며 블라우스를 벌려 핑크색 브래지어를
　　　내보인다. 연철이 시선을 돌린다. 현서가 연철 옆으로 몸을
　　　기울이고는 블라우스를 어깨 뒤로 반쯤 벗어 몸에 걸쳐 그
　　　녀의 도톰한 가슴골선이 나타난다. 카메라가 천천히 줌 인
　　　을 한다.)
연철 : (연철이 시선을 돌린다) 내겐 아오이 츠카사만이…….
현서 : 덥군요. 옷을 더 벗어야 할 것 같군요. 도쿄로 가서
　　　아오이 츠카사를 언제 만났나요.
연철 : 도쿄의 스튜디오에 도착하자 병원에 가서 피와 소

변 검사를 하고 엑스레이를 찍어요. 한국에서 미리 성병과 혈액검사서와 번역본까지 들고 갔지만 새로 해야 한다더군요. 촬영은 이틀 후로 예정되어 도쿄 시내를 구경 다녔지만 눈에 들어오지가 않았어요. 숙소를 같이 쓴 사람은 호주의 백인 청년이었는데 그는 태연했어요. 밤 늦게까지 도쿄를 다니며 술을 마시기도 했지요.

현서 : 아오이 츠카사와 섹스를 같이할 남자니까 기분이 묘하지는 않았어요? 나만의 여왕이잖아요.

연철 : 나만의 여왕이 된다면 무시무시한 중압감에 시달리겠죠. 내가 견뎌낼까요. 내 몸은 심해에서 건져 올린 물고기처럼 팡 터져버릴지도 모르죠.

현서 : 신체검사에서 탈락한 사람은요?

연철 : 한 사람이 떨어졌죠. 홍콩에서 왔는데 무척 화를 냈죠.

현서 : 그녀의 작품 중에서 어떤 작품이 제일 좋았어요?

연철 : 그녀는 다양한 연기를 했습니다. 항공기 스튜어디스로, 기모노를 입은 제자로, 여의사로 분장하기도 했고, 4초 합체 시리즈도 괜찮았지요.

현서 : 4초 합체 시리즈라면?

연철 : 만난 지 4초 만에 섹스를 해요. 로바다야키에서 만

나는 손님들과 즉석에서 몸을 나누죠.

현서 : 급하기도 하셔라. 어떤 장면이 좋았나요?

연철 : 작품의 끝에 아오이 츠카사가 요리를 해서 드시라
고 권하는 장면이 좋았지요. 격렬한 섹스가 지나
간 후에 그녀가 부인처럼 요리를 해서 예쁘게 상
에 올려놓지요. 그러면서 제 비디오를 봐줘서 감사
하다, 요리를 같이 먹으면 좋겠지만 마음으로라도
나누고 싶어 이렇게 준비했다고 말합니다. 그럴 때
의 그녀는 정말로 달콤하고 사랑스러워 견딜 수가
없어요.

현서 : 아! 이런, 이런, 섹스와 요리네요. 남자가 여자에게
기대하는 로망이. 그럼 기다리던 그날의 장면으로
들어가 볼까요. 그 전에 시청자들이 보내온 메시지
를 보시죠.

（화면에 시청자가 보낸 메시지가 뜬다. 대부분이 X표가 그
어진 욕설과 혐오감 가득한 표현이다. 시청자가 좋아하는
일본 AV배우 이름으로 도배한 글들도 있다. 간혹 아오이
츠카사의 작품을 어떻게 구할 수 있는가, 라는 질문이 올라
온다. 아오이 츠카사와 섹스 장면이 늦다며 화를 내는 글
도 여럿이다. 그 상황에서 물건이 서느냐는 의문도 있다.）

현서 : 시청자의 질문에 답을 하나 해보죠. (현서는 마지못

해 해야 하는 말처럼 목소리를 낮추고 길게 끈다) 촬영
장소에서 제대로 될 수가 있나요? 일반인들이잖아
요. 전문 남자 배우도 아니고.

연철 : 맞습니다. 도쿄에 온 출연자는 11명이었는데 2명
은 하체가 반응하지 않아 탈락했어요. 촬영 1시간
전쯤에 약을 먹는데도 그래요.

현서 : 오호, 그랬어요!

연철 : 스튜디오의 조명 불빛이 아주 세고요. 연극 무대
처럼 천장에 조명등이 많이 달렸죠. 천장에서 쏘
는 조명을 받으면 머리와 목 뒤가 타는 것 같죠. 거
기다 좁은 공간에 촬영 카메라가 3대에요. 옆에서,
아래에서, 위에서도 잡고, 둘러싼 스태프들도 많아
서 장바닥이죠. 거기서 하는 섹스니까요.

현서 : 고행에 가깝군요. 이제 짜릿한 여왕과의 경험을 소
개할 타임. 저도 떨리네요.

연철 : 아침에 먼저 계약서를 씁니다. 9명이 계약서를 쓰는
데 3시간이 걸려요. 언어도 다르고 용어도 어렵고.

현서 : (짜증을 낸다) 뭔 계약서를 쓴대요. 섹스 한 번 하려
다가 숨 넘어가겠네.

연철 : 우리의 섹스가 아오이 츠카사 작품의 특별판으로
DVD에 실리고 유튜브를 타니까요. 계약서의 가장

중요한 내용은 얼굴과 나라와 이름을 공개해도 되느냐예요. 그리고 여배우에게 상처를 입혀서는 안 된다는 내용. 여배우가 그만하라고 요구하면 즉시 동작을 멈춰야 한다, 사전 시나리오에 따른 행위 외에 다른 행위를 해서는 안 된다, 절대로 질 내 사정을 해서는 안 된다, 그런 경우는 특약조항을 붙이죠. 콘돔이 벗겨지면 즉시 행위를 중단해야 한다, 두 명이 할 때는 이렇게 하고, 세 명이 할 때는 저렇게 하며…… 후배위가 몇 분에 정상체위는 몇 번째에.

현서 : 잠깐만, 잠깐만. 콘돔을 끼고 아오이 츠카사와 한다고요.

연철 : 그럼요.

현서 : 아니, 무슨 포르노에서 콘돔을! 그걸 어느 사내가 보겠어요.

연철 : 우린 전문 배우가 아니에요. 아마추어라 몸이 어떤 상태인지, 어떤 병에 걸렸는지가 검증이 되지 않았으니까.

현서 : 오, 맙소사.

연철 : (의기양양하게) 아오이 츠카사는 우리의 유명 탤런트와 같은 급의 이름을 날리는 배우예요.

현서 : (카메라를 정면으로 응시하며) 시청자 여러분, 짜릿한 시간을 조금만 더 미뤄둡시다. 기다린 만큼 더 달콤할 거예요.

(화면에 아오이 츠카사의 나체 스틸 사진이 뜬다. 어깨까지 내려오는 긴 머리에 상큼한 미소를 짓고 날씬한 허리에 엉덩이가 동그스름한 아오이 츠카사의 모습이다. 손으로 수줍게 치부와 가슴을 가리고 있다.)

현서 : 자, 이제 그날 그 뜨거운 시간으로 들어갑니다. 9명이 한꺼번에 줄을 서서 하나요. 아니면 순서를 정해서. 모두들 벗고서 대기하나요. 침대에서 하나요. 기다리는 동안 계속 물건이 서 있을 수가 있나요. 후배위로 하는지 (현서가 왼손으로 자신의 가슴을 살짝 어루만진다. 벌어진 입술 사이로 가지런하고 하얀 이가 예쁘게 드러난다. 현서의 숨결이 자연스럽게 높아지고 거칠어진다.) 아아, 궁금합니다. 시청자 여러분도 궁금하죠?

연철 : (눈을 조용히 감았다가 뜬다. 추억에 잠긴 그의 표정이 점점 밝아진다.)

스튜디오에는 주황색 소파와 갈색 작은 탁자가 놓였다. 소파 앞에 놓인 킹사이즈의 매트리스에 침대보처럼 면 재질

의 베이지색 덮개를 씌웠다. 천장에 달린 많은 조명시설에
는 아직 불이 들어오지 않았다. 그녀가 들어왔다. 연철의 심
장 뛰는 소리가 쾅쾅 귀를 울렸다. 세계 각 나라에서 온 다양
한 남자들은 한 줄로 서서 아오이 츠카사와 악수를 나눴다.
그녀는 일본 여자에게 흔한 수줍어하는 표정과 몸짓으로 머
리를 숙이면서 '잘 부탁합니다'라고 말했다. 연철이 배워두었
던 일본말로 열렬한 팬으로 영광이며 모든 작품을 다 감상했
다고 말하자 그녀는 놀라면서 눈을 다정하게 맞추었다.

　연철과 일행이 대기실로 들어갔다. 한 사람에게 주어진
시간은 90초였다. 자세는 모두 후배위였으나 미국과 독일의
금발 남자, 대만의 남자 3명에게는 별도로 90초씩 정상위의
시간이 주어졌다. 호주 남자가 첫 번째였다. 신입 AV배우로
보이는 여자가 대기실로 들어와서 호주 남자의 가운을 벗기
고 가슴과 사타구니를 애무했다. 호주 남자는 1시간 전에 먹
은 발기 약의 효과가 조명과 사람들의 시선을 이겨내지 못해
서인지 아직도 팽창하지 못하고 조금 부푼 형태에서 애를 쓰
고 있었다.

　여배우가 영어로 말했다. 눈을 감아요. 여배우가 가운을
헤치고 능수능란한 동작으로 남자 몸의 예민한 곳을 짚으
며 신음을 올렸다. 여자의 손길은 놀라워 호주 남자의 하체
는 금세 팽팽해졌다. 여배우는 남자의 그곳을 손으로 꼭 쥐

어 격려하고는 아오이 츠카사에게 보냈다. 연철을 비롯한 나머지 남자는 식당에서 샐러드와 스테이크를 서빙하듯 모두가 보는 앞에서 자연스레 처리해내는 여배우를 놀란 눈으로 쳐다보았다. 대기실 문이 열리고 매니저가 신호를 보내자 두 번째인 중국 남자가 여자의 손에 맡겨졌다.

연철은 일곱 번째로 아오이 츠카사를 만났다. 스튜디오의 온도는 쾌적했으나 그녀의 이마에 땀이 조금 밴 것도 같았다. 아오이 츠카사는 연철이 수백, 수천 번을 음미했던 자세 그대로 엉덩이를 높이 든 채 그를 보고 쌩긋 웃었다. 그녀의 뒷모습이 환히 펼쳐졌다. 연철이 화면에서 늘 모자이크 처리가 된 모습으로 본 그녀의 깊은 곳이 실제의 모습으로 뚜렷했다. 연철은 외쳤다. 아오이 츠카사! 사랑해! 닳고 닳아 낡아빠진 표현이었지만 더 적당한 말을 찾을 방법이 없었다. 육체의 한 곳과 또 다른 육체의 한 부분만이 접촉하는 짧은 순간을 가리키는 말로도 적절하지 않은 언어를 연철은 외마디 비명으로 내뱉고 아오이 츠카사의 그곳으로 나아갔다. 시청자가 지적한 농익지 않았다고 말하는 아오이 츠카사의 신음이 그의 귀에 들렸다. 더 더 더, 또는 대단해, 대단해, 또는 미치겠어 따위의 원초적인 단어들과 섞인 신음이었다. 하지만 연철은 다소 풋풋한 그녀의 교성이 좋았다. 번쩍대며 터지는 카메라의 플래시가 아득하게 먼 곳에서 울리는 북소리처럼 들렸다. 연철의 몸이 그녀와 연결된 냄새와 소리를 모두 받아들이도록 활짝 열렸다. 뻘겋게 단 혈액이 그의 몸에 마구 흘렀다. 누군가가 그의 귀에 대고 뭐라고 말했으나 그의 귀에는 아무것도 들리지 않았다. 그의 양손은 아오이 츠카사의 탐스런 엉덩이를 놓칠 수 없다는 듯이 꽉 쥐고 있었다. 뒤에서 그의 양옆 겨드랑이에 손을 넣어 그를 살며시 빼내었다. 그의 엉덩이는 허공에 들린 채로 앞뒤로 격렬하게 움직이고 있었다. 아오이 츠카사가 가쁜 숨을 몰아쉬며 눈짓으로 그를 배웅했다. 37살 한국의 총각 연철의 첫 경험이었다. 아오이 츠카사에게서 돌아온 남자들의 욕망을 견습 여배우가 손과 입으로 해소시켜주었다. 남자들은 욕망을 풀어내자 몸에 묶은 폭탄을 풀어낸 개운한 얼굴로 돌아갔다. 남자들은 대기실 옆에 붙은 샤워실에서 살갗에 붙은 욕망의 껍질을 씻어내었다. 연철은 여배우의 도움을 거절했다. 그는 아오이 츠카사와 접촉한 몸 그대로 한국으로 돌아갈 생각이었다.

현서 : (황홀한 얼굴이다. 입술을 벌리고 눈을 가늘게 뜨고 있다.) 더 더 말해줘요. 모두가 듣도록.

아오이 츠카사의 매니저가 연철을 찾았다. 대기실에서 츠카사 님이 보자고 합니다. 아오이 츠카사의 대기실에는 옷과

화장을 담당하는 두 명의 여자가 더 있었으나 자리를 비켜주
었다. 아오이 츠카사가 연철에게 커피를 권했다. 아오이 츠
카사가 커피를 마시며 연철에게 한 얘기를 정확하게 옮기기
는 힘들다. 하여튼 공손하고 부드러운 그녀의 말을 맞춰보면
이런 뜻이었다. 연철 님께서 먼 길을 마다하지 않고 와주어
서 감사하다. 저의 데뷔 작품부터 지금까지 팬이었고 제 작
품을 모두 소장하고 계시다니 몸 둘 바를 모르겠다. 이런 고
마움을 어떻게 표현해야 할지 고민이 되었다. 잠시라도 저는
당신과 이 자리에서 개인적인 만남을 가졌으면 좋겠다. 조금
전의 만남이 홍보를 위해서였다면 지금 이 자리는 제가 한
여자로서 당신과 관계하는 자리가 될 것이다.

연철이 놀라 되물었다.

츠카사 당신이 나를 원한다고요?

츠카사가 네 하고 말했다. 얼굴은 여전히 밝고 수줍은 웃
음을 띠고 있었다. 아오이 츠카사는 연철의 손을 당겨서 자
신의 가슴으로 가져갔다. 가죽 소파에 누운 그녀는 나이트
가운 아래에 검은색 브래지어와 팬티를 입고 있었다. 연철은
그녀의 손길을 따라 브래지어를 끌러냈다. 연철의 손이 떨려
브래지어를 끄르지 못하자 아오이 츠카사가 손을 돌려서 풀
었다. 아오이 츠카사가 은근히 얼굴을 숫기 많은 연철의 입
술로 가져갔다. 연철은 아오이 츠카사의 입술을 처음에는 조

심스럽게, 다음에는 애원하는 듯, 마지막에는 열정을 담아
탐스럽게 빨았다. 그녀의 오른손이 연철의 등골을 따라 엉덩
이로 내려가서 걸쳐졌다. 왼손은 연철의 목을 안타까운 듯
이 붙잡았다. 연철의 입술이 아오이 츠카사의 도톰한 입술
에서 목선을 따라 가슴께에 이르자 아오이 츠카사의 신음이
울렸다. 그건 연철이 발매번호가 매겨진 그녀의 DVD 작품
속에서 수없이 보고 들었던 신음과 색채가 달랐다. 이건 날
것 그대로의 원색이었다. 고독을 씻어내는 처절한 신음이었
다. 그는 그렇게 믿었다. 그는 자신의 하체가 기쁨에 차올라
단단하게 변한 것을 느꼈다. 아오이 츠카사가 몸을 비틀며
목을 울리며 내는 소리가 귀에 들렸다. 대단해……. 너무 좋
아……. 미칠 것 같아……. 내 몸이 녹고 있어……. 연철은 그
소리가 진심이라 믿었다.

　연철의 손이 아오이 츠카사의 하체에 닿자 그녀는 팬티
를 내리도록 엉덩이를 살짝 들었다. 그녀가 왼손을 내밀어
연철의 손을 잡았다. 연철은 아오이 츠카사의 눈을 들여다보
았다. 아오이 츠카사의 눈은 그녀의 하체만큼이나 깊고 깊었
다. 연철은 심해로 끝없는 깊이로 내려가 빛도 소리도 없는
고요 속으로 가라앉았다.

　그 고요 속에서 고시원의 여자가 희끄무레하게 나타났
다. 긴 머리가 젖은 채로 울음을 터뜨렸다. 자신의 몸속에 배

인 원천적 고독감이 발작하는 것이다. 연철은 절정의 순간에 찾아온 그녀가 짜증스러웠다. 여자가 그곳에 서 있는 것이 거북해서 화난 얼굴로 외면했다. 그녀는 우두커니 연철을 지켜보다가 귀를 틀어막고는 뒤돌아서서 사라졌다. 여자의 그림자가 길게 바닥에 깔려서는 마침내 없어졌다. 아오이 츠카사의 하체가 떨기 시작했다. 연철은 아오이 츠카사의 떨림에 맞춰 몸을 떨었다. 떨림은 강하게 퍼져나가 마침내 더 퍼져나가지 못하자 아련한 메아리로 오그라들어 돌아왔다. 아오이 츠카사가 참고 참았던 신음을 길게 토해내었다. 연철은 온몸의 떨림 속에서 깊은 어둠으로 빨려서 사라지고 있었다. 한국의 서른일곱 총각 연철의 두 번째 육체경험이었다. 그것은 극심한 슬픔 같은 것이었다.

마론

화면은 낙원을 향해 달려가는 버스와
노인들의 미소로 가득 찼다.
버스에 탄 노인 중에 몇 명이 낙원으로 들어갈지,
선택받지 못한 사람들이 어떻게 처리되는지는
화면에서 보여주지 않았다.

그날의 아침이었다. M은 몸을 두 번 씻었다. 발은 한 점 더러움이 없도록 꼼꼼하게 비누를 칠했다. 마론 앞에는 맨발로 서야 하기 때문이었다. 어제 아침부터 먹지 않았지만 배가 고프거나 기력이 달리지는 않았다. 몸은 본능적으로 오늘 닥칠 일을 대비하고 있었다. 어젯밤 10시를 넘어서는 물도 마시지 않았다. 흰 옷으로 온몸을 감싸고 머리칼을 감추는 흰 두건을 썼다. 72세를 맞은 날의 아침, 마론 앞에 서는 복장과 자세에 대한 자세한 지침이 내려져 있었다. M은 복장이 잘못되지 않았는지 다시 챙겨보았다.

마론 앞에 서기 전에 교육을 받아야 했다. M은 71세가 되는 날부터 세 번의 교육을 받았다. 처음 두 번은 시청의 대회

의실이었고 마지막 세 번째는 한 달 전의 특별 교육장이었다. 마지막 교육을 받으면서 M의 신분증과 보험증을 비롯한 모든 증서에 한 달 후에 닥칠 심판의 날짜가 입력되었다. 그 심판 날에 M은 다른 교육생들과 함께 일반인들은 갈 수 없는 마론의 성으로 가서 마론의 심판을 받게 된다. 거기서 마론의 선택을 받으면 안락하고 평화로운 노후가 기다리는 마을로 옮겨져 모든 혜택을 누릴 수 있다. 반대로 탈락하는 자들은 실패자의 코스로 옮겨지는데 그것은 노인 인구가 늘어난 시대에 맞게 어쩔 수 없이 당해야 되는 불쾌한 정리 코스다. 따라서 마론의 선택을 받는다는 것은 한 인간이 살아온 전 과정을 국가가 인정한다는 것이며 본인은 물론 자식들도 큰 영광으로 여겼다. 마지막 교육을 함께 받은 사람은 서른 명 남짓 되었다. 모두 남자들이었고 여자는 다른 장소에 모였다. 교육장의 큰 유리창 밖으로 잘 가꿔진 꽃밭이 보였다. 강사가 햇살이 내리쬐는 꽃밭을 가리키며 마론의 찬가를 불렀다.

해보다 밝게, 해보다 더 넓게
그분은 모두를 꿰뚫어 살피니
나 그분 앞에 숨길 것 없어라

교육생들도 강사를 따라 찬가를 불렀다. 교육생들이 이미 알고 있는 찬가였지만 이제 그분 앞에 서야 할 날이 30일밖에 남지 않자 찬가의 뜻이 무겁게 다가왔다. 교육생들 중 몇몇은 잠을 자지 못하고 음식을 제대로 먹지 못했는지 초췌한 얼굴이었고, 몇은 밝은 얼굴이었는데 그중 마론의 선택을 확신하는 한 사람은 얼굴에 광채까지 돌았다.

강사가 자리에 앉은 순서에 따라 교육생에게 재산과 상속을 처리했는지 그리고 주변 정리를 어떻게 하고 있는지 물었다. 대부분은 재산을 자식들과 복지단체에게 이미 넘겼다. 교육생들이 일 년 전에 받은 지침에는 사회복지단체에 재산의 15퍼센트를 넘길 것을 권장하고 있었다. 하지만 마론의 심판을 불과 한 달 앞에 둔 교육생들은 그보다 많은 금액을 가난하고 어려움에 처한 사람들의 급식과 의료와 주거를 개선하는 단체에 기꺼이 내놓았다. 그러나 만물을 꿰뚫어보는 마론이 심판의 날 한 달 전에 행동하는 속셈을 모를 리가 없었다. M은 그래서 권고받은 대로 15퍼센트의 재산을 복지단체에 기부했고 나머지는 두 명의 자식에게 공평하게 나눠주었다. 마론의 심판이 끝난 후에 M이 어디로 가든 자식들에게 신세를 질 일은 생기지 않을 것이다. 마론의 등장을 가장 반긴 곳은 정부의 복지부서인지도 모른다. 복지부서는 마론의 심판에 앞서 기부받는 엄청난 재산으로 국민들에게 70대 초

반까지의 먹고사는 문제를 부드럽게 해결해냈다.

　교육생 중 한 명이 강사에게 초조하게 물었다. 마론에게 선택받는 사람이 다섯 명 중의 하나 꼴이라고 하는데 맞는 가요? 강사는 수백 번도 더 들었을 질문에 짜증 없이 차분하게 설명했다. 마론이 몇 명을 선택하고 몇 명을 버릴지는 누구도 모릅니다. 만약 열 명이 기준에 모두 들었다면 열 명을 다 선택할 것이고, 기준에 든 사람이 없다면 열 사람 모두 내칠 것입니다. 선택받는 비율은 정해져 있지 않아요. 질문을 한 교육생은 성에 차지 않은 얼굴이었다. 교육생 모두는 천 번을 물어도 똑같은 답변이 돌아온다는 것을 알고 있었다. 모두들 자신이 선택되기를 기대했으나 마론이 누구를 선택할지는 도저히 짐작할 수가 없었다. 마론이 선택하는 잣대인 선행과 우애와 자선과 헌신 같은 단어가 교육 지침에 기재되어 있지만 그 추상적인 아름다운 말들이 머지않아 마론의 심판대에 오를 교육생들의 불안에 찬 갈증을 달래줄 수는 없었다.

　질문을 했던 교육생이 휴식 시간에 M에게 물었다. 마론이 선한 행동에 정말 보상을 해줄까요? M이 자신은 선택받아 마땅하다는 확신과 누구도 그 결과를 예측할 수 없는 미래 사이에 끼여 까맣게 타버린 얼굴을 들여다보았다. 마론 앞에 서야만 하는 날이 가까워질수록 심판을 받는 사람들의 머리를 깊게 파고드는 질문이었다. M이 말했다. 우리는 모두 그렇게 알고 있지요. 그렇게 될 것이고 그렇게 되어야만 합니다. M의 말은 어딘지 마론의 위대성을 믿지 못하는 여지를 남겨두어 교육생은 놀란 얼굴이었다. M은 마론의 결정에 흠이 있기를, 모두를 꿰뚫어본다는 그의 예지력과 판단력과 정보력에 어딘가 구멍이 나 있기를 바랐다. 전해지는 위대한 마론의 결정이 맞다면 자신의 운명은 이미 결정되어 돌이킬 수 없기 때문이었다.

그때 자신을 N으로 소개한 남자가 끼어들었다. 그는 대심판관 마론의 심판을 한마디로 부정했다. 다 쇼야. 위대한 심판이 아니라 위대한 쇼라니까. M과 교육생은 화들짝 놀라 N을 쳐다보았다. N은 배가 나온 몸에 큰 귀와 긴 팔을 지녔고 팔이 털로 덮여 먼 나라에 산다는 유인원을 닮았다. N은 불경죄에 걸리는 말을 태연히 내뱉고는 그 말의 반응을 즐기고 있었다. 교육생은 그 말을 듣기만 했음에도 벌써 자신이 선택당할 희망을 N이 차버리기라도 한 것처럼 새파랗게 질려 자리를 떠났다. N이 그 자리에 가만히 있는 M을 향해 간이 크군 하는 얼굴로 어깨를 으쓱 올렸다. M이 N의 양 팔뚝에 새긴, 꿈틀대며 팔뚝을 벗어나 하늘로 날아가려는 용 문신을 보며 말했다. 설마 그 말을 믿는 것은 아니겠지요. 마론의 선택에서 벗어나기에 충분한 범죄를 저지른 자들도 마론의 심판장에 설 권리는 갖고 있었다. 그것은 법이 보장한 권리였다. 국민투표에서 거의 만장일치로 「대심판관 마론의 법」이 통과될 때 쟁점이 된 조항이었다. 살인과 강도와 사기와 폭행을 저지른 자들도 자비롭고 자애로운 마론의 심판에서 구제될 일말의 가능성이 남아 있었고 그 가능성을 믿는 범죄인들 중에서 개과천선하여 성인에 가까운 우러러볼 삶을 생의 마지막에 사는 사람들도 있었다. 그런 삶을 사는 사람들은 학교와 모임과 종교 행사에서 마론의 심판이 죽어가는 나를 이미 구원했다며 가슴을 손으로 두드리며 열변을 토하곤 했다.

N은 마론의 심판장까지 나아갈 가치가 없는 이미 선택을 포기해버린 소수의 범죄자에 속할까? 그들의 마지막 며칠은 광란과 음란과 폭음으로 가득 찼으나 당국이 그런 최악의 부류에 대해서는 사전 구금이라는 적절한 처방을 내렸다. N은 M의 그런 생각을 잘 알고 있는 것처럼 팔뚝을 들어 올리며 말했다. 내 범죄 기록은 흰 눈처럼 깨끗해. M이 말했다. 그럼 이 말도 마론이 다 듣고 있다는 것을 감안해야지. 심판이 며칠 앞인데. N이 말했다. 들으라면 들으라지. 어차피 헛소동이야.

M은 고개를 들어 주위를 둘러보았다. 교육장의 천장과 벽 곳곳에 감시카메라가 돌아가고 있었다. 마론이 장악

한 감시카메라라는 무한에 가까운 얼굴과 목소리와 홍채 인식 능력을 보유하고 있었다. 홍채의 무늬와 망막 혈관의 형태를 처리한 데이터와 얼굴과 걸음걸이와 몸매와 행동으로 누구인지를 모두 알아내었다. 마론은 그 방대한 데이터와 분석 능력으로 식별번호를 부여한 한 인간의 움직임과 동선을 모두 만들었다. 우리가 병원과 학교와 직장과 경기장과 술집에 가는 곳곳에 깔린, 거리와 건물을 모두 뒤덮은, 심지어 높은 산의 등산로와 강과 바다의 유람선과 부두에 이르기까지 마론의 눈은 빈틈이 없었다. 마론은 우리가 다닌 병원의 진료 기록과 사용한 신용카드, 스마트폰과 은행의 기록, 온갖 서류와 행정관청이 보유한 개인 정보 모두에 연결되어 있었다. 우리의 행동은 번호와 글자가 합쳐진 낱낱의 부호로 분류되어 마론의 몸으로 흘러들어 갔다. 그는 정밀하고 촘촘한 빅데이터의 제왕이었다. 마론의 빅데이터는 모래 한 알도 빠져나갈 빈틈이라고는 없었다. M은 그 빅데이터에 들어 있는 작고도 작은 모래알 반쪽에 불과했다. N이 교육장의 자기 자리로 돌아가며 말했다. 심판의 날에 봅시다.

오늘이 마침내 닥친 심판의 날 아침이었다. M이 흰옷을 입고 허리에 검은 띠를 두르고 슬리퍼를 신은 자세로 아파트의 엘리베이터를 타자 승객 사이에 무거운 침묵이 감돌았다.

중학생이 M에게 말했다. 마론의 축복이 있기를. 그 말을 따라 승객 모두가 합창을 하듯 말했다. 마론의 축복이 있기를. 심판의 날에 출두하는 노인을 만나는 사람은 모두 축복의 말을 건네야만 했다. M이 그 말을 받았다. 마론의 자비가 있기를.

M이 흰색에 검은 줄이 두 개 그어진 버스에 올라타자 담당 요원이 버스에 붙은 감식기를 가리켰다. 두건을 내리고 열 손가락 지문을 찍고 얼굴과 홍채를 다시 찍었다. 요원이 감식기와 연결된 컴퓨터에서 받은 M의 생체정보가 든 손목시계를 왼쪽 팔목에 채우고 능숙하게 안전 고리를 걸고는 끝의 스위치를 딸칵 소리가 날 때까지 잠갔다. 전용 기계를 써야만 풀리는 시계는 까만 화면이었다. M은 심판이 끝날 때까지 자신과 함께할 시계의 화면을 들여다보았다. 한 사람이 나직이 노래를 불렀다.

오 위대한 마론이여
그대 앞에 나의 선과 악을 숨김없이 펼치니
자비를 베풀어 다음 삶을 내주시기를

72세 노인 23명과 요원 2명, 모두 25명이 탄 버스는 마론의 심판장을 향해 달렸다. 검은 창 밖으로는 아무것도 보이지 않았다. 그는 뒷좌석에 앉은 N을 보았다. 두 시간이 지나면 마론의 심판을 받는다는 무거운 분위기가 버스를 짓눌려 모두가 침묵에 빠져 있었다.

버스의 천장에서 화면이 내려와 마론의 역사와 심판장에서 지켜야 할 사항을 보여주기 시작했다. 모두 알고 있는 내용이지만 72세의 탑승 노인들에게 곧 닥칠 일임을 생각하자 장면 하나하나가 깊게 다가왔다.

마론은 17년 전 시민의 평균수명이 처음으로 92세로 잡히던 그해의 대기근으로 탄생했다. 매년 늘어나던 평균수명은 23년 전 노화 진행을 늦추는 신약이 개발되면서 급속도로 늘어났다. 노인들의 몸에서 세포를 복제할 때 생기는 결함을 줄여주는 신약은 수요가 폭발하면서 가격이 빠르게 내려갔다. 언론은 장생을 과학의 축복이자 자연이 그은 한계를 인간이 넘어선 상징으로 대대적으로 보도했다. 노인들의 불로장생을 권하는 광고는 도시의 곳곳을 파고들어 눈을 돌리면 어디서나 시선을 사로잡았다. 평균수명이 한 해가 다르게 늘어나고 장례식장이 적자에 허덕이면서 정부는 늘어나는 연금과 보건비용으로 골머리를 앓았다. 그것은 인간의 욕망에 따른 비극의 시작에 불과했다. 아메리카와 호주 그리고 중국의 곡창지대를 동시에 덮친, 밀과 옥수수의 잎과 뿌리를 말리는 블랙루츠라는 질병은 몇 년 동안이나 수확량을 오분의 일로 줄여 인류의 생존을 쥔 산업이 농업임을 모두에게 각인시켰다. 사람들은 비싸질 대로 비싸진 곡물을 사기 위해 재산을 내다 팔았고 구매 순위에서 밀려나 버린 공산품을 생산하는 공장들은 줄줄이 문을 닫았다. 식량 부족 사태가 오래 가면서 나라의 경제와 보건 시스템이 동시에 무너졌고 풍요로웠던 시절에 당연시되었던 모든 가치와 삶이 뒤집히기 시작했다.

버스의 화면은 아메리카의 대평원을 보여주고 있었다. 바이러스가 퍼진 옥수수 밭을 통째로 태우는 연기가 하늘을 새까맣게 덮었다. 드론에 장착된 카메라는 시커먼 하늘을 불길하게 맴도는 까마귀를 비추고는 천천히 땅으로 내려와서 검은 점이 박히고 말라비틀어진 밀을 클로즈업했다. 밀밭에는 낙담한 농부들이 소각 준비를 마친 정부 요원들을 바라보고 있었다. 카메라는 잠시 후 대평원의 밀밭을 삼키는 거대한 불길을 침울하게 비추고는 중국과 호주와 아르헨티나에서도 똑같은 참사가 일어났다는 자막을 띄웠다. 비행기와 선박을 통해 퍼졌다가 잠복기를 거쳐 동시에 기세를 올린 바이러스 질병이 벼를 비켜간 것은 그나마 다행이었다. 카메라는 동남아와 중국의 누렇게 일렁이는 논을 보여주면서 희망의 불씨가 완전히 꺼지지는 않았음을 보여주었다. 그러고는 바로 식량창고를 습격하는 무리들이 이어졌다. 부두의 식량 창고를 공격하는 무리를 향해 군대가 사정없이 발포하여 죽어 넘어지고 피가 흐르는 장면이 전쟁 영화의 한 장면처럼 지나 가고 폭동과 약탈로 유리창이 깨지고 형편없이 망가진 도시 의 상점들이 나타났다. 아무도 손을 대지 않은 명품 가게와 전자제품 대리점 옆으로 약탈당한 빵 가게와 식료품점의 문 이 부서지고 짓밟힌 물건들이 거리로 버려진 몰골이 보였다. 눈이 퀭하고 갈비뼈가 드러난 데다 튀어나온 뼈마디가 걷기 라도 하면 덜그럭거리기라도 할 것 같은 어린애의 모습이 이 어졌다.

몇 년에 걸친 기근으로 사회는 50년 전으로 후퇴하고 말 았다. 인구가 절반으로 주는 참사를 겪은 후에 70세 이상 노 인들의 생존율이 나라의 미래를 짊어질 젊은 세대보다 높았 다는 의미 있는 사실이 밝혀졌다. 염치없고 탐욕스런 노인들 을 향한 비난이 쏟아졌고, 또다시 언제 작물 바이러스가 번 질지 모른다는 공포가 사회를 뒤덮으면서 정부가 새로운 법 을 발의했다. 알래스카의 이누이트 족의 노인들은 겨울에 보 관한 식량이 떨어지거나 모자라면 스스로 옷을 벗고 눈보라 가 치는 밖으로 걸어 나가 죽음을 택한다는 인류학적 근거 를 들어 「겨울 노인법」으로 이름 지어진 법이 의회에 제출되 자 여론이 전폭적으로 지지를 보냈다. 정부는 여론을 모아 「겨울 노인법」을 보완한 새로운 법인 「대심판관 마론의 법」

을 만들었고 내세의 심판과 천국을 믿는 종교 세력들의 열렬한 캠페인이 합쳐져서 마침내 마론이 탄생되었다.

버스의 화면은 「마론의 법」을 찬성하는 국민투표의 긴 행렬을 보여주고 의회에서 만장일치로 법이 통과되면서 기뻐하는 어린 자녀를 둔 부모들의 환한 표정을 비춰주었다. 72세 이상의 노인들은 사건 당사자라는 이유로 「마론의 법」에 투표할 권리를 박탈당해 항의 시위를 벌이는 모습은 화면에 나오지 않았다.

이어서 화면에는 마론의 심판을 받기 위해 심판장으로 들어서는 흰옷의 행렬이 나오고 마론의 선택을 받은 선인들이 지내는 호수와 나무가 가득한 커다란 마을이 나타났다. 그곳은 노인들의 유토피아였다. 가지가 잘 뻗은 키 높은 나무 사이로 푸른 잔디밭이 펼쳐졌고 맑은 물이 흐르는 개울이 공원을 가로질렀다. 나무가 그늘을 드리운 공원의 벤치와 의자에 앉은 노인들이 바둑이나 카드 게임을 하거나 편안한 운동을 하고 있었다. 벤치에 앉아 책을 옆에 놓고 아무 걱정 없이 조는 노인의 모습이 선택받은 자들의 기름진 땅을 보여주고 있었다. 작은 호수에는 남녀 노인들이 어울려 보트를 타고 있었고 요트의 선착장에 자리한 식당의 야외 바비큐 장에서 새우와 신선한 고기를 굽는 연기가 피어오르고 있었다. 선행과 애국과 봉사로 가득 찬 그들의 삶의 마지막을 보내기에 알맞은 곳이었다.

버스에 탄 노인들 모두는 저 낙원을 향해 가고 있는 것이었다. 화면은 낙원을 향해 달려가는 버스와 노인들의 미소로 가득 찼다. 버스에 탄 노인 중에 몇 명이 낙원으로 들어갈지, 선택받지 못한 사람들이 어떻게 처리되는지는 화면에서 보여주지 않았다. 화면에서 걷고 있는 노인의 미소가 옅어지자 옆에 앉은 N이 M에게 말했다. 모두 쇼야.

M이 말했다.

모두 쇼라니. 엉터리 소리 그만해.「마론의 법」에 따르면 일정 비율의 노인을 반드시 선택해서…….

법이 쓸모가 다 된 노인들 편일까? 법은 늘 가진 자와 권력의 편이었지.

심판장에 들어가는 노인들에는 가진 자와 권력자도 들어 있지.

그 부자들도 선행의 무게로 저울을 달까. 그럼 몇 명이나 남겠어. 뭔가 협잡이 있을 거야.

M이 불경한 말을 함부로 내뱉는 N에게 주의를 환기시켰다. 당신은 선택받지 못해. 이 버스도 마론의 손에 들어 있으니까.

N이 킬킬 웃었다. 그러는 너는. 당신도 선택에서 떨어질 짐을 지고 있는 것 같은데. 하지만 걱정할 것 없어. 낙원이 있

는지 알 게 뭐야. 바깥세상의 아무도 낙원을 취재하지 못했어. 낙원이 그저 화면에만 살아 있는 가짜인지 누가 알겠어.

당신은 불신으로 똘똘 뭉쳤군.

N이 시계를 찬 손목을 들어 올리며 대답했다. 우리에게 싸구려 시계나 채워주고 몽땅 시체 매립장으로 처넣을걸. 하하.

바깥 세상에 사는 사람들은 마론이 선택한 노인들이 사는 '마론의 성'에 아무도 들어가지 못했다. 이상한 일이었다. 선택된 노인들의 자식들조차 관리를 위해서라는 이유로 영상통화와 화면으로만 그들의 행복한 삶을 듣고 볼 수 있을 따름이었다. 대심판장 뒤에 붙은 '마론의 성'은 소도시가 여럿이었고 노인들이 살 충분한 넓이였다. M을 포함한 시민들은 '마론의 성'이 어떻게 운영되는지, 그들에게 식량은 어떻게 공급되고 병원과 운동시설과 취미생활을 어떻게 즐기는지 자세하게 알고 있었다. '마론의 성'에 관한 긍정적인 정보가 너무 넘쳐서 오히려 기억이 안 될 지경이었다. 그래서 '마론의 성'이 존재하지 않는 허구란 생각은 한 번도 해본 적이 없었다.

그러나 마론의 성이 존재하든 하지 않든 M에게는 상관이 없는 일이었다. M은 자신이 선택되지 못하리라는 것을 알았다. 선행과 봉사와 책임감이 모자라서 그런 것이 아니라 그가 쌓아온 점수를 무너뜨린 결정적인 잘못을 저질렀기 때문이었다.

　M은 15년 전 밤에 도시 외곽의 도로를 달리고 있었다. 그곳은 터널을 지나서 다음 터널이 나타날 때까지 야산의 자락을 질러가는 변두리로 차량이 그다지 다니지 않는 길이었다. 그 도로에서 웬 여자가 차를 태워달라고 하자 M은 깜짝 놀랐다. 비가 내렸고 주위는 뿌연 공기로 흐릿했다. 밤이 늦어 지나다니는 차량이 거의 없었다. 여자가 어떤 사정으로 그곳에서 차를 얻어 타게 되었는지는 몰랐으나 미니스커트에 민소매 상의였고 비에 젖어 몸매가 훤히 드러났다. 여자는 M의 옆자리에 올라탔고 허벅지를 깊숙하게 내보였다.

　M이 몇 번 눈길을 주자 여자가 돈을 먼저 요구했다. 차는 얼마를 더 달려 길가에 섰고 불을 모두 꺼버렸다. M은 그날을 돌이키면 인간은 과연 자기 자신을 얼마나 알고 있는지 의문스러웠다. 갑자기 치밀어 오른 욕구에 M은 정신을 차릴 수가 없었다. 그로서도 생각지 못한 일이라서 그는 자신의 몸에 다른 사람의 정신이 얹힌 것 아닐까 의심스러웠다. M이 여자의 허벅지를 만지자 여자는 뿌리치지 않고 돈 먼저, 라는 말을 되풀이했다. 지갑을 찾고 흥정을 하는 불과 몇십 초를 참을 여유도 없이 M은 여자에게 달려들었다. 여자가 화난 목소리로 돈을 외치며 M을 밀쳤다. M은 하체가 뻣뻣하게 선 느낌에 전율을 느끼며 거칠게 미니스커트를 걷어 올렸다. 여

자가 저항하면서 M을 때리고 얼굴에 상처를 내자 M이 치밀어 오르는 화에 여자를 후려치고 목을 졸랐다. 잠깐만 목을 졸라 여자를 제압하고 자신의 뜻대로 할 생각이었던 것 같았다. 그러나 그런 생각들조차도 뒤죽박죽으로 섞여 뭔지를 모를 덩어리로 변했고 자신의 손아귀 힘이 얼마나 강한지도 잊어먹었다. 어쨌든 짧은 순간이었고 M이 정신을 차리자 여자가 축 늘어져 있었다. 어쩌면 목을 잡아 쥐면서 목뼈를 부러뜨렸는지도 몰랐다. 여자가 죽었을까? M은 당황한 나머지 여자를 몇 번 흔들어 깨우고는 차문을 열어 여자를 풀밭으로 끌어내었다. 여름의 무성한 풀 냄새가 강렬하게 코를 찔렀다. M은 습기 찬 풀 냄새에 진저리를 치면서 여자를 질질 끌어 가슴까지 오는 풀밭 안으로 던져버렸다.

그러고는 정신없이 차를 몰아 집으로 들어왔다. M은 며칠 동안 곧 자신이 잡힐 것이라고 불안에 떨면서도 자수를 하지 못했다. 그날의 사건은 자신이 아닌 다른 사람이 저지른 것 같다는 생각이 들었고 그 생각은 점차로 확신처럼 자리 잡았다. 온 도시를 뒤덮은 감시카메라에 자신의 범죄가 들통난다고는 생각했었다. 터널과 터널 사이에 여러 개의 감시카메라가 있는 것을 평소 운전하면서 봤기 때문이었다. 감시카메라를 연결하는 케이블이 고장났을까? 경찰이 그를 찾지 않아 M은 멀쩡하게 회사를 다녔다. 그날 이후로 폭염이 계속되었다. M은 더위로 부패할 대로 부패해서 신원을 알 수 없으며 거의 백골로 변한 뼈를 터널 근처에서 찾았다는 뉴스를 찾았으나 기사는 어디에도 없었다. 혹시 여자가 살아난 것은 아닐까 생각했으나 그 사실 또한 확인할 방법이 없었다. 설령 여자가 살아 있어도 그건 중대한 범죄였다.

15년의 세월이 지났으나 M은 자신의 범죄를 마론은 알리라고 생각했다. 마론은 단지 최후의 심판장에서 심판을 내릴 뿐 세속의 사소한 사건 하나에까지 눈을 돌리지는 않을 뿐이었다. M은 자신의 손아귀에 화상처럼 남아 있는 여자의 목을 조른 촉감에 시달렸다. 꿈에 거대한 손이 지평선에서 붉은 구름과 함께 떠올라 여자의 목을 조르는 악몽에 시달렸다. 장면이 바뀌어 M은 자신의 썩어가는 하반신을 바라보고 있었다. 진물 흐르는 허벅지에서 기어 나온 구더기 무리들이 통통하고 윤기 나는 머리를 흔들며 가슴으로 올라왔다. M은 진저리를 치며 구더기를 털어내려고 몸부림쳤으나 몸이 어디에 결박이라도 되었는지 꼼짝도 하지 않았다. 같은 악몽은 반복되었고 M은 밤을 하얗게 새면서 마론이 그의 악몽까지 알고 있다고 확신했다. M은 마론 앞에서 선택을 갈구할 희망을 이미 오래전에 버렸다. 72세가 되는 날까지 교도소에서 썩지 않고 자유롭게 살아온 것만도 괜찮지 않을까.

버스가 심판장의 입구에 도착했다. 입구를 가로막은 거대한 청동문 옆의 담에 12대의 버스가 모여들어 들어갈 차례를 기다렸다. 10시 28분이 되자 버스들이 청동문 앞에 나란히 줄을 섰다. M의 일행은 다섯 번째 버스였다. 10시 30분 정각에 문이 열리자 오르막의 도로로 버스가 들어섰다. 길옆에는 청동 깃대에 꽂힌 흰색과 검은색의 깃발이 바람에 나부끼며 선택의 기쁨과 심판의 공포에 떠는 한 무리의 인간들을 맞았다. M이 찬 시계의 검은색 화면에 심판장 입장을 알리는 원이 나타났다. 누군가 버스에서 노래를 부르자 모두가 합창을 했다.

마론의 낮이여, 마론의 밤이여
어둠과 밝음을 주관하는 마론이여
우리를 암흑에서 건져 광명으로 인도하기를

노래는 장중하게 이어지다가 다음 합창으로 넘어갔다. M은 입을 다문 N을 쳐다보면서 크게 노래를 불렀다. 누군가가 '마론을 향한 고백'을 소리 높여 외웠다.

그대 앞에 서오니 내 허물을 탓하소서
그대 앞에 무릎 꿇으니 나의 과거를 심판하소서

그대 앞에 엎드리니 나의 오만을 밟으소서
그대의 억센 손으로 내 죄를 벗기시고
그대의 밝은 눈으로 악을 씻어주소서
나는 그대의 종, 그대의 팔이 던지는 곳이 나의 터
부디 자비를 베푸소서

버스의 무리가 빨리 또는 느리게 '마론을 향한 고백'을 암송하면서 고백은 뜻을 알기 어려운 외침처럼 변했다가 운이 떨어지는 거대한 돌림노래로 변하기도 했다. M의 앞에 앉은 흰옷의 노인이 팔을 높이 들고 박자에 몸을 흔들면서 고백을 울부짖었다. 노인이 상처 입은 맹수의 으르렁거림으로 고백을 외치자 노인들의 음성이 같이 높아지면서 몰입한 자들의 의미 없는 거대한 외침으로 버스를 울렸다.

버스가 마론의 심판장을 둘러 흐르는 강의 절벽에 서자 심판장으로 향하는 다리가 그들을 기다렸다. 강은 주변의 지반을 오랫동안 깎아서 말발굽 형태로 절벽의 밑을 흘렀고 심판장을 반 바퀴 돌면서 흘러나갔다. 마론의 심판장 앞은 강이 둘러쌌고 뒤쪽으로는 담으로 둘러싸인 넓은 평지가 펼쳐졌으며 한참을 가면 경사가 급하고 뾰족 솟은 돌산이 몸을 드러내었다. 그 평지에 선택받은 노인의 낙원이 들어서 있었다. 이곳은 예전에 외부 사람이 들어가기 어려운 곳으로, 세상을 등지거나 세상과 어울리지 못하는 사람들의 안식처였다.

강 앞에 선 노인들은 아직 강 건너 벽으로 둘러싸인 마론의 심판장과 낙원을 볼 수 없었다. 노인들은 한 줄로 서서 강의 맞은편으로 이어진 다리를 건넜다. 철로 제작된 다리는 바닥 몇 곳을 두꺼운 유리로 깔아 간간이 절벽의 소용돌이치는 강이 보이게끔 설치되었다. 차분히 다리를 지나던 노인들이 유리에 발을 올리면서 허공에 발이 떴다는 공포에 시달렸다. 노인들은 무릎을 구부리고 벌벌 떨면서 다리를 지나 마침내 심판장의 정문 앞으로 들어섰다.

양쪽에 세 마리의 개가 그려진 청동문이 열리자 요원들이 옆으로 비켜섰다. 이제부터는 심판자와 심판을 받는 자만의 공간이었다. 모두 신을 벗었다. 천장이 낮은 긴 복도에는 세 사람이 나란히 걸어서 들어가도록 검은 바탕에 세 개의 줄이 그어져 있었다. 천장은 어둡고 바닥 가장자리에서 빛이 올라와 희미하면서도 장중하게 복도를 밝혔다. 사람 한 명이 걸어갈 수 있는 안내 줄은 다소 어두운 속에서도 밝게 빛나 허공을 가로지르는 것만 같았다.

심판의 장소로 걷자 사람들은 마론에게 선택을 받지 못한, 저주를 받은 자들에게 떨어지는 형벌의 소문을 회상했는지 발걸음이 느려졌다. 당국이 그런 소문을 마론의 신성을

외치고 사회 통합을 무너뜨리는 악질 선동으로 보아 단속을
했으나 소문은 지하로 숨고 귓속말로 옮겨 다니면서 결코
멈추지를 않았다. 소문은 여러 가지였다. 마론이 선택되지
못한 인간을 죄질에 따라 다섯 등급으로 나눠서 달리 처벌
한다는 소문이 돌았다. 그 소문에 따르면 1급의 죄인은 마취
에 이은 독극물로 고통 없이 바로 죽이며, 2급의 경우는 마
취 없는 독극물로 몇 시간의 공포와 고통을, 3급은 하루 동
안 특별한 도구로 고통을 주고, 4급에게는 불과 도구로 1주
일의 고통에, 마지막으로 5급은 한 달을 온갖 고통에 시달린
끝에 제발 죽여 달라는 요구가 터져 나올 즈음 도축용 컨베
이어 벨트에 거꾸로 매달려 손가락부터 하나씩 절단된다는
것이었다.

그런 말도 안 되는 소리 그만해. 「마론의 법」에 따르면 심
판에 들지 못해도 어떤 형벌도 받지 않는다고 규정되어 있으
니까. 편안한 죽음이 기다릴 뿐이야. 그런 말을 들으면 누군
가는 이렇게 반박했다. 심판장에서 그런 법을 누가 쓰겠어.
마론이 처벌을 하겠다면 또 누가 말릴 수 있겠느냐 말야. 그
분은 심판장에 들어온 모두의 운명을 쥐고 있고, 일단 심판
장에 들어가면 어디로도 빠져나갈 수 없고 그분의 처분에 따
라야만 하니까.

또 다른 소문을 믿는 자들은 마론이 선택받지 못한 자들

의 몇 몇을 우두머리로 뽑아 그들에게 나머지의 처분을 넘겨
버린다고 말했다. 운수 좋은 사람들은 목이 매달리거나 독약
이나 가스 중독 같은 행복한 죽음으로 끝이 나지만 재수가
사나운 사람들은 우두머리에게 채찍질을 당하거나 악질적인
사이코에게 걸려 처참한 운명을 맞이한다는 것이었다.

당국이 자비롭고 공정한 마론을 모독하는 이들을 찾으면
처벌을 했으나 심판의 날이 가까워져 귀가 얇아진 사람들은
그런 소문을 한 번씩은 들었고 몇 번은 친구들과 나누었다.
어둑한 복도에 밝게 떠오른 줄을 따라 심판의 장으로 움직이
자 노인들의 머리에서 소문의 이미지들이 깨어나 그들을 휘
어잡았다. 심판장으로 나아가는 사람들의 발걸음이 느려지
고 불안하게 떨리기 시작했다. 그런 떨림이 앞에서부터 차례
로 전염되었다. M의 옆에 서서 걷는 N이 말했다. 곧 첫 번째
계단이야. 이미 우리 정보가 다 들어왔을걸.

심판의 왕 마론의 지하에는 거대한 지하 서버실이 있었
다. 옅은 초록의 리놀륨 바닥에 회색 벽 그리고 노란색 전선
들이 깔린 저장 공간에서 줄지어 선 3미터 높이의 갈색 캐비
닛 서버들은 열을 뿜으면서 심판을 받는 자들의 정보를 마
지막 한 올까지 모아서 분석을 하고 있었다. 마론에게는 커
다란 세 개의 광케이블이 연결되어 있었고 두 개는 국내에서
하나는 해외에서 들어온 정보들이었다. 얼굴과 홍채 인식 시

스템이 방대한 감시 카메라와 연결되었다. 신용카드와 의료 기록을 비롯한 스마트폰과 인터넷 정보가 심판을 받는 자의 생활 패턴과 행동을 매일 단위로 기록하고 있었다. 마론은 이 모두를 순식간에 처리해서 매일매일, 매 달, 매 년의 선과 악의 평가를 종합하여 심판을 내렸다. 여기서 심판을 구하는 자들은 모두 그렇게 알고 있었다. 오, 마론의 전능함을 찬양 하라!

지하의 서버에서 올라와서 울리는 심판의 소리가 들리지 는 않았다. 그러나 M의 귀에 웅웅대며 심판의 점수가 매겨지 는 소리가 귀울음으로 진동했다. 계단을 한 칸 올라서자 통 로가 더 좁아지면서 두 사람씩 줄을 지어 걷게 되었다. M이 찬 시계의 검은 화면에 두 개의 흰 줄이 나타났다. 어두컴컴 한 통로에서 모두들 '마론의 찬가'를 높이 불러 장중했다. 앞 으로 나아가는 사람들은 맨 앞의 선창에 따라 '마론을 향 한 고백'을 낭송했다. M은 뭔가 야릇한 냄새를 맡았다. 앞에 서 번져오는 냄새에 옆에서 같이 걷는 N이 말했다. 오줌을 싸는군. 오줌을 싸.

M의 앞줄 노인이 비틀대면서 걷고 있었다. 어둠에 익은 눈에 그가 입은 흰옷의 아래쪽이 젖어 있는 게 보였다. 노인 은 두 손을 들고 무아지경에서 '고백'을 낭송하고 있어 그의 방뇨가 두려움에서인지 아니면 마론에게 심판을 받는 경외

감과 황홀감에서인지 가리기가 어려웠다. 마론의 심판을 받는 사람이 두려움과 초조함에 싸여 있는 것만은 아니었다. 심판을 구하는 많은 자들이 달뜬 마음에 싸여 마론의 알현을 기다렸다. 절대자의 앞에 나아가 높고 높은 분의 심판에 몸을 통째로 맡기는 희열이 그들을 휘감아, 그들은 한 발 한 발 마론의 앞에 나아가면서 스스로 마론의 영광으로 녹아들어 가는 것이었다.

N이 M에게 속삭였다. 모두 속는 거야. 마론이 우리를 저울에 달아 심판한다고? 웃기는 소리. M은 마론의 심판 저울은 우리 선악의 깃털 하나, 티끌 한 점까지 무게를 단다고 들었다. M이 말했다. 그분이 우리 모두의 정보를 쥐고 있으니까. 그건 맞아. 하지만 그 정보로 심판을 하는 것이 아니야. 심판할 능력이 있지만 권능을 행사하지 않는 거지. 그럼 어떻게 선별한다는 말이야? 그냥 되는 대로 가려 뽑는 거야. 7명마다 하나, 아니면 19명마다 한 명씩 이런 꼴로 말이야. 말도 안 돼. 그건 방탕하게 논 사람들이 퍼뜨리는 헛소문일 뿐이야. 그렇게 들려? 마론을 운영하는 코드 소스를 만든 사람에게 들었다니까. 마론을 코딩한다고, 그런 건 없어. 마론은 절대자야. 아니야. 마론이 왜 탄생되었는지를 돌아봐. 마론은 낙원에 들어가지 못할 노인들을 제거하기만 돼. 그러다 낙원에 빈자리가 나면 그 숫자만큼만 채워 넣으면 되는 거야. 어

떤 놈이 들어오든지 상관없어. 마론의 관심은 72세가 된 노인을 대량으로 없애는 데 집중되어 있어. 선과 악을 평가한다는 건 선별에 반항하지 않도록 가리는 두꺼운 장막에 불과해.

M은 자신의 살인 범죄를 마론이 모른다는 것을 믿을 수 없었다. 마론이 알고서도 모른 척한다는 건 더더욱 믿을 수 없었다. 낙원에 들어간 사람들이 바깥의 가족과 연락을 하면 언론이 선별된 자들의 과거를 추적해냈다. 그들의 품행은 단정했고 봉사에 충실했고 늘 자선을 베풀었다. 그들이 흠 하나 없는 새하얀 구름은 아니었으나 방송 특집에 나오는 주변 사람들의 증언과 자료를 보면 낙원에 들어갈 자격은 충분했다. M도 낙원에 들어간 노인 두 명을 직접 알았다. 그 노인들의 주변 사람은 두 사람의 훌륭함을 자랑했다. 이제 숨겨서 뭐 하겠어 하며 그들의 잘못과 결점을 홍보하기도 했다. 이웃들은 선택된 노인들이 비록 흠이 있기는 하지만 그들의 선과 악을 달아서 비교하면 낙원에 갈 사람으로 판정하리라고 말했다.

그러나 선별이 무차별하게 진행된다는 N의 말에 따르면 M에게도 선별될 가능성은 열려 있는 셈이었다. M은 어쩐지 그 말에 기대고 싶었다. 낙원에 뽑히기라도 하면 타인의 목숨을 빼앗은 피에 젖은 손을, 봉사로 희생으로 새하얗게 만들 것이다. M은 N의 말을 더 자세하게 듣고 싶었다. 그러나 그렇게 신성 모독의 말을 함부로 내뱉은 N도 세 번째 계단을 오르자 다가오는 심판의 압박에 눌렸는지 입을 다물었다.

손목의 시계에 흰 줄 하나가 그어지자 모두들 한 줄로 섰다. 마지막 계단이었다. 공포와 희열이 그들 집단을 동시에 파고들었다. 모두의 발걸음이 느려지면서 고개를 숙이고 눈을 내리깔았다. 마론을 쳐다보지 말지어다. 그의 불타는 눈이 경솔한 자의 심장을 꿰고 얼굴을 태워버릴 것이니, 겸허하게 몸을 낮추어라. 불경한 말을 함부로 내쏘던 N도 몸을 떨며 앞으로 나아가고 있었다. 앞의 사람이 하나씩 줄어들고 마침내 M은 밝고 트인 공간으로 나섰다. 시계의 액정이 하얗게 변했다. 밝고 흰 빛이 그를 덮어 그는 자신도 모르게 눈을 감았다. 그는 몇 걸음 나가면서 두렵게도 마론이 그의 범행을 알고 있는지 확인하고 싶었다. 마론이 어떤 형태로든 신호를 보내지 않을까? 그는 공포로 머리가 눌리면서도 감히 얼굴을 치켜들어 올려다보았다.

마론은 서른 계단쯤 위에 있었다. 은회색의 거인은 양손을 의자의 팔걸이에 올리고 푸른 눈으로 그를 바라보고 있었다. 티타늄 금속의 차가운 질감에 머리는 황금이었고 가슴 아래쪽으로 푸르스름한 색이 싸여 신비하면서도 공포에 찬 느낌이었다. 마론의 왼쪽과 오른쪽으로 검은색의 사자상이 차갑게 앉아 있었다. 마론은 엄숙하면서도 당장 자리에서 일어나 죄 지은 자를 안아주고 용서를 해주리라 싶은 자비로운 표정이었다. 거대한 기계가 지닌 특유의 아우라가 인자한 표정과 섞여 형언할 수 없는 압도감을 뿜어내었다. 팔걸이에 올린 거인 마론의 손은 죄인의 몸을 당장에라도 으스러뜨릴 힘을 쥐고 있었다. 커다란 산처럼 장중한 그분의 주위로는 아무런 장식도 없어 그는 스스로 존재하고 있었다. M은 마론의 푸른 눈과 정면으로 마주치면서 깊이를 알기 어려운 신비로 빨려들어 갔다. 그의 전 생애와 그의 모든 행동과 모든 내면의 결심들을 한 시각에 마론이 파악했다. 마론에 연결된 수많은 서버와 광케이블과 전선과 컴퓨터들이 번쩍하며 M을 낱낱이 해부하고 영혼을 읽어냈다. 그의 정신은 순전한 알몸이었다. 마론 앞에 선 짧고 짧은 순간에 M은 마론이 입을 열어 그에게 천둥 같은 소리로 일러주는 말을 들은 것 같았다. 그는 마론 앞에 엎드려 그의 발에 입을 맞추고 '자비를!'이라고 외치고 싶었다. 마론의 푸른 눈이 그 생각마저 읽어내며 움직인 것 같아 M은 전율했다. 마론의 눈은 살아 있었다. M은 머리속이 새하얘지면서 자신도 모르게 다시 얼굴을 숙이고 오른쪽으로 돌아 나갔다. 마치 마론이 너의 심판이 끝났으니 나가거라 하고 그에게 지시하고 그가 따르는 것 같았다. 그가 마론 앞에 선 짧고도 짧은 시간이 길고도 길어

도저히 다다를 수 없는 먼 과거만 같았다. 그가 죄 사함을 받았는가? 몸이 가볍고 정신이 맑았으며 부활해서 깨끗하고 참된 삶을 새로 시작할 수 있을 것만 같았다.

M은 자신도 모르게 마론의 찬가를 소리 높여 낭송했다. 그는 오른쪽으로 걸어 나가면서 손목의 시계가 노란색으로 빛나자 저 앞의 노란색 보도가 빛나는 곳으로 나갔다. 발이 너무나 가벼워 그는 재빠르게 움직였다. 다른 곳에서 빨강의, 보라의, 초록의, 주황의, 파랑의 보도가 번쩍거렸고 모두들 그 위에서 마론을 소리 높여 찬미하고 있었다. 그들은 누구에게 떠밀리지도 않았고 강제로 끌려 나가지도 않았다. 자신의 두 발로 생생하게 선별의 결과를 향해 행진하고 있었다. 심판당한 자들은 희열에 들떠 그들이 지옥의 나락으로 떨어지든, 평안과 쾌락만이 넘치는 낙원으로 가든, 아무런 관심이 없어 보였다. 그들은 팔을 높이 들고 '마론의 찬가'와 '마론을 향한 고백'을 낭송하고 있었다.

그는 멀리서 빨강의 보도에 오른 N을 알아보았다. 그리고 주황의 벨트를 탄, 오줌을 싼 앞줄의 노인도 보았다. 방사형으로 뻗은 보도는 서로 멀어지면서 각자가 심판받은 곳으로 빠르게 달려갔다. M은 확신했다. 마론은 자신의 범죄를 몰랐다. 아니 그것은 불경스러운 말로 마론은 자신의 사악한 범죄를 알았으나 관대하게 용서를 한 것이다. 색색의 보도를 탄 모두들은 그렇게 용서받았다고 생각하며 빛나는 흰 얼굴로 심판이 집행되는 장소로 몰려가고 있었다.

오! 마론이여! 우리를 긍휼히 여기소서!

작가의 말

글로만 빽빽이 채운 신문과 페이스북을 본 적이 있는가? 어린 시절 누런 종이에 세로쓰기판 문고본을 읽으며 자란 장년층도 갑갑해 할 것이다. 젊은 세대는 바로 고개를 돌릴지도 모른다.

이는 당연한 반응이 아닐까? 인류는 구석기시대부터 몇십만 년 오랜 세월을 이미지로 사물을 보고 느낌을 정리했다. 구석기인이 그린 라스코와 쇼베 동굴벽화의 황소와 사자 이미지는 너무나 강렬해 현대인도 깊은 감동을 받는다. 인류가 문자를 발명한 건 고작 3천 년 정도며 보통 교육을 통해 대중이 문자를 해독하기 시작한 건 기껏해야 몇백 년에 불과하다. 인류는 이미지에 익숙한 동물이다. 그 이미지 시대가 다시 돌아왔다. 이제는 텔레비전과 영화에 더해 인스타그램과 유튜브가 대중의 눈과 귀를 사로잡고 있다.

그에 반해 종이책은 하루가 다르게 독자가 줄어든다며

비명을 지르고 있다. 젊은 세대 중 많은 사람은 일기도 비디오나 사진을 올리는 방식으로 쓰고 있다.

그렇다면 우리가 기억하는 문학이 꽃핀 19세기란 길고 긴 인류 역사와 문화에서 얼마 되지 않는 순간이 아닐까? 이미지의 시대는 길고도 길었고 문자가 영광을 누린 시대는 짧았으며 다시 이미지에 밀려나고 있는 건 아닐까? 우리가 고전으로 부르며 칭송해 마지않는 19세기를 중심으로 한 리얼리즘 문학도 인류 문화사에서 잠깐 번쩍한 광채는 아닐까?

또 다른 도전이 한국 문학을 기다리고 있다. 서점에서 문학 코너를 훑으면 알 수 있듯이 외국 작가가 쓴 재미있는 스릴러와 역사물, 로맨스 문학이 독자들의 시선을 끈다. 외국 리얼리즘 문학 또한 막강한 경쟁력을 자랑해 한국 작가가 쓴 리얼리즘 소설은 진열대에서 밀려난다. 뛰어난 전문 번역자도 늘어 외국 수상작이 불과 4개월 후에 한국에서 출판되는 실정이다. 한국 작가는 인기 있는 외국 작가와 치열한 경쟁을 벌여야만 한다.

즉 한국 작가는 이중고에 시달리는 셈이다. 하나는 문자를 벗어나 이미지 시대로 돌아가는 거대한 흐름과 또 하나는 엄청나게 수입되는 외국 문학과 벌이는 독자 확보 경쟁이다.

한국 문학 영향력이 컸던 1970년대부터 1990년대 초반은 이런 '이미지로 돌아가기'와 '외국 문학과 경쟁'이라는 폭풍이 덮치기 전에 잠시 주어진 황금시대가 아니었을까?

그렇다면 갈 길은 멀고 해는 저무는 오늘날 한국 작가들은 어떤 혈로를 뚫어야 할까? 문학이 살리려는 시대정신과 인물을 위해 다양한 문학 형식을 실험해보는 건 어떨까? 독자와 만나는 여러 방식과 매체 개발도 긴하다.

2010년 등단한 후 네 번째 소설책을 내면서 작품을 다시 살펴본다. 리얼리즘 작품도 있고 스릴러와 역사적 인물이 내면을 고백하는 소설도 있다. 노인 문제를 현대 이슈인 빅데이터와 결합시킨 작품도 있다. 다양한 형식을 통해 시대의 진실과 소설 읽는 재미를 함께 추구하고자 노력했다. 등단한 지 불과 8년 지나는 시간에 스마트폰과 SNS가 온 세상을 덮으면서 '이미지 시대'로 전환이 가속화되고 있다. 그 속에서 상황을 돌파하며 문학적 성취를 얻는 작품을 쓰기 위해 나름 애썼지만 아쉬움이 남는다. 또 열심히 길을 나서야겠다.

2018년 3월
정광모

수록작품 발표지면

외출 (『학산문학』, 2017년 여름호)

자서전의 끝 (『인간과 문학』, 2016년 가을호)

너의 자리 (『사람의 문학』, 2015년 겨울호)

집으로 (『한국소설』, 2017년 12월)

나는 장성택입니다 (『도요문학무크』 10호, 2016년 10월)

아오이 츠카사를 위한 자세(『이 계절의 좋은 소설』, 2016년 봄호)

마론(『문학무크 소설』, 2017년 창간호)